# HERBERT SANTORI

# Do Arco da Velha

Herbert Santori

Published by Herbert Santori, 2023.

This is a work of fiction. Similarities to real people, places, or events are entirely coincidental.

DO ARCO DA VELHA

**First edition. May 22, 2023.**

Copyright © 2023 Herbert Santori.

ISBN: 979-8215184103

Written by Herbert Santori.

*Dedicado a quem desfolhe estas próximas páginas*

um dominó

# DO ARCO DA VELHA
# CELESTIALMENTE ENVIADO DOS CÉUS

"Profundo analisador de almas, pirata, eterno nómada, para ele parar é morrer, e por aí fora lá vai ele. De poiso em poiso, últimas instâncias são sempre as que contam.

A valer."

ENSAIO CINEMATOGRÁFICO

*Pacífico de coração,* uma paz de alma, dizem, mas Martins da Silva conta com pouco mais do que quarenta primaveras de trabalho - honesto e honrado, uma vida a trabalhar.

E da sociedade onde vive, da Silva pede pouco.

De facto, não mais do que serenidade e isso para que possa exercer a sua atividade, a de carpinteiro-escultor, e na plenitude das suas capacidades, mas... ora bem, isso, é exatamente o que lhe tem sido retirado ultimamente.

Logo pelas manhãs.

Estamos a meio da primavera.

Antes do acordar.

Antes do tocar sonoro que o levanta dos sonhos, pois, ultimamente, e quase como punição, um corvo tem-se apresentado no parapeito da janela do quarto-de-dormir - vem como chega e, do nada, põe-se num *grraaa!-grraaa!-grraaa!* sem perdão, alto e bom som. Nem cinco da manhã são e lá vai ele, bem antes do galo, num horrendo gralhar desmedido.

Nancy, a esposa, escocesa e a não aguentar mais - e se, jura Martins, houvesse pistola em casa à mesa-de-cabeceira tipo à herói dos filmes, um tiro nos cornos é o que o corvo já teria recebido, num belo acordar de manhã ensolarado.

Que atravesse a janela.

Que se foda a janela!

Aliás, se a janela se estilhaçar em pedaços, da Silva imagina com gosto ponderado, o visualizar dum caco de vidro pontiagudo na garganta do corvo seria, para todos os efeitos, um possível final feliz.

Sim, um homem pacato mas, com um pouco de imaginação, da Silva até consegue imaginar o corvo a vir espetar-se no alpendre, tipo à Robim dos Bosques e pela guelra, se este a tivesse.

E espetado permaneceria por uns tempos, o corvo, em pose putrificada, só mesmo para corvo perceber.

Tudo isso antes de se levantar e preparar o café matutino – tudo normal, mas assim se têm passado as manhãs e ultimamente na casa dos da Silva.

Nancy, hoje em dia Leenox-da-Silva, de voz rouca, acento *glaswegian* e eternamente sensual aos olhos de Martins, nunca perdera a sua efervescência, apercebera-se ele e há muito mas, quando espicaçada, deixava-o ainda mais arrebitado.

No final, o corvo até era bem-vindo.

Mil e uma vezes lho dissera, com Nancy a não perceber.

Sim, sem dúvidas, uma vida a masterizar a arte do como espicaçar a fêmea: algo que Martins nunca se arrependera de enveredar por. Como com as suas criações artísticas - traz benefícios infindáveis, não se compram, aprendem-se.

Numa aprendizagem longa a sabores exóticos, pois, mulher que se preze, bem espicaçada e quanto baste - no limiar do rebentar e independentemente de onde origina (ou do que caga daquele cérebro a martelo problemático), lança-se na tua direção de olhar tão sensual, tão provocador e decisivo que não há *dick* que aguente.

Seguido pelo assobiar típico da *Bialetti*, como se fazia outrora - e ainda o fazem tanto italianos como os da Silva mas, sobre os primeiros raios de luz na cozinha e em tons laranja e quentes que açambarcam a alma, uma bela foda vem sempre por detrás!

Regra geral e sem exceção, Nancy vê-se entre a espada e a parede, lá está, sem saber donde vem todo aquele alarido, logo de manhã, num, *'Hold on, love, don't you-oh... oh... oh, yes, please do so!'*

*'Morning, love...'*

Cafeteira a assobiar e donde os mais intensos odores a cafés destemidos evaporam – é regra.

É sina! só bons cafés, tem de ser, na casa dos da Silva, não há hipótese, e tudo correrá melhor durante o dia. Sim, são acordares diferentes, hoje em dia e sem dúvida. Mereceram-nos.

Se ele desbota os quarenta, Nancy acabara de entrar na trintena ou trentina: esplêndida, em forma, orgulhosa, completa, uma mulher estudada.

Mãe, ele pai, os dois de Sónia, dez anitos de pardal ao sol e vividos felizes – assim se viam os da Silva.

Riviera francesa, zona rica para os ricos e humilde para quem trabalha. E se o trabalho de Martins da Silva vem caro para o humilde cidadão – para os mais recheados, não: Pois arte não tem preço, e uma escultura de metro e meio por três, recheada de detalhe cravado à mão, é tempo.

É obra.

São criações, por vezes gigantescas, outras simples, mas sempre de belas composições, esculpidas das mais prestigiadas madeiras e à comissão.

Impossíveis não existem para os da Silva e trabalho é trabalho mas, para colmatar momentos mortos, Martins da Silva vai de casa em casa, loja em loja, cadeira em cadeira, balcão em balcão, o arranja-tudo da vila - região!

Nancy, por sua vez, ocupa o cargo de diretora artística da loja e *manager* da carreira do marido. Em soma, tesouraria, porque deixá-la nas mãos de Martins teria sido um destino bem diferente. É outro tipo de matemática.

Simples mas bem acolhedora, os da Silva moram entre os bosques, a meia hora do mar. Casa com quintal largo e tudo, somente a dez minutos de carro da lojinha, e a cerca de uma hora de Nice: na colina ou cidadela, como se dizia dantes, de Saint-Paul-de-Vence.

Matisse, Picasso - Chagal até quis vir acabar os seus dias ali, certo, bom turismo e tanta cultura, mas, não muito longe e estacionados com cura, Saint-Paul-de-Vence é bem mais conhecida por *Bugatti* aqui, *Bentley* ali.

Ator de Hollywood um dia, príncipe daqueloutro Estado no outro – enfim -, todo Eurodeputado à pança gorda tem de vir lavar os pés à calmaria deste paraíso medieval mais dia menos dia; um daqueles que replene o pulmão de limoeiro, jasmim e lavanda nos verões.

E sem nunca esquecer as laranjas do vizinho, lá está, os Le Clerc, e que chegam em sacas e aos montes todos os anos.

Vida boa.

Crava-se e cava-se lenho durante semanas, vende-se arte todo o ano – loja online e tudo -, abençoada seja Nancy: onde ela toca tudo se transforma em viável, limpo, arranjado e apresentável, porque, para bermudas velhas e t-shirts dos Stones já basta Martins, aquele português marado que a encantara com poesias da vida, já lá iam quinze primaveras.

E que belo sonho, os dois admitiam, de sorriso nostálgico e às vezes, porque, se nostalgias são *milestones* ou *cornerstones*, são também algo que se conquista entre os entretantos da vida: Nessa dura batalha em que andamos todos nós.

E, por isso, sol, sexo, verdadeiros manjares dos Deuses, hidratar e muito trabalho - esse é o *motto* na casa dos da Silva.

E vida essa que estava para receber a bela visita de Machado, velho companheiro d'airada de Martins; de liceu, de ganza e de Casal García – enfim, os demais pontinhos que esculpem as rugas dum rosto.

'O Álvaro vem cá?' Pergunta Nancy, realçando a cueca coxa acima, antes de vir servir dois cafés bem *corposos* à mesa da cozinha.

Vestida já de verão, num *laranjão* justinho ao corpo e não obstante a brisa fresca pela manhã – três centímetros abaixo de Martins, que a obrigava a meter-se nos bicos de pés para o beijar, adoravelmente, mas os dois de estatura média-baixa.

Um casal normal.

Ela?

Linda, traquina, para ele e eternamente: de cabelos longos, lisos e da cor dos olhos, qual amêndoa doce num manto de leite, ao seu ver, enquanto ele, via ela, e com admitida inveja, um bronzeado algarvio o ano inteiro.

Ele, de cabelo já meio aloirado de tanto verão e com o tempo, pelos ombros e a ondular; uma barriguinha como quem já não se preocupa muito – motivo, aliás, do porquê de virem viver no sul da França - *e que se foda a azáfama da cidade.*

Croissants, *manteiguinha* boa e compota à mesa, tanto o francês como o português falado de Nancy vinham cheio de sotaque, não à inglesa – pior: à escocesa, o que deixava Martins fora de jogo, no bom sentido, e para bom entendedor.

'*Say something French, honey...*'

'*Oui...*' e lá lhe descia um alvoraçar espinha abaixo.

Como e porquê, ele não o sabe mas, sim, se há coisa que Martins dá valor é como dar prazer a uma mulher.

Ler *uma* e não duas, nunca trair - jamais, pois, para Martins, abrir essa página é como puxar o Vito Corleone que há em cada um de nós: a família é sagrada.

A tua mulher é sagrada.

E, para que tal seja, Martins jogara sempre com a regra dos quatro: sexo, espaço, tempo e que venha tudo *au naturel.*

Da primeira e por motivos óbvios, se não se dá nem se recebe, a chance do companheiro ou companheira procurá-lo noutras partes é mais do que garantida.

De interpretar, também, sexo como um simples abraço, às vezes - nem tudo tem de acabar sempre em águas vaginais, lá está, uma flor aqui, um restaurante ali...

Do espaço, entenda-se como espaço no sentido literal da palavra – tanto homem como mulher necessitam dum local sagrado para estarem consigo mesmo, de vez em quando.

Regularmente, até. Sós. No caso dos homens, diz-se, é a tal *man-cave.* E tempo? Quintessencial. Vai, tira uma semana, duas, com amigos, amigas, sozinha, viaja, aluga um quarto num hotel, vai... vai e esquece-me.

Se, no final, ainda te lembrares de mim e, mais para mais, ainda quiseres lembrar-te de mim - então sim, descobriste o que significa amar-me.

Nem todos concordam com Martins mas... nem todos concordam com Cristo tão pouco. E eles, normalmente, acabam divorciados, tristes e sem rumo, enquanto os da Silva - estes jogam-se sobre a mesa da cozinha, a seguir ao café da manhã!

Sónia, a filha, ainda a dizer adeus, estrada abaixo e da janela, quando, abaixa a cueca de novo que lá vão seios a roçar manteiga! - num roçar de madeira rústica, que guincha - toma lá, Zé Corvo, esta é em nome da liberdade!

Assim, sim, se começa um dia, e Martins tem pena daqueles que o negligenciam.

'*Ya*... vem o Álvaro, sim senhor e finalmente. Penso que seja a sua primeira verdadeira *vacance* em mais de vinte anos de trabalho... é isso o que significa ser-se algarvio, para muitos...'

'Vem sozinho?' Pergunta Nancy, absorvendo com gosto o último trago de café, lendo, do rótulo: *Caffè Siciliano*, sem conseguir evitar um *buo-ni-ssimo,* em sotaque italiano, irónico-mastigado e à inglesa.

'Sabes que não sei, ao certo?' Diz Martins, apercebendo-se, nesse preciso momento, de algo ou alguém pela janela, lá fora e em baixo, na colina verde de Saint-Paul-de-Vence.

'Temos artista...'

# Capítulo 2

*À beira-estrada*, "Na Peugada do Negativo Perfeito", poderia bem ser o título da próxima exposição, pensava Malinovsky consigo mesmo; poisando e ajustando, no entanto, o tripé da câmara fotográfica no herbáceo espinhoso e molhado, e como que em reflexão, 'Não... óbvio de mais.'

Pausa.

Cigarro.

Um passo, e depois outro.

Calmaria do bosque e do campo, sente-se, à beira-estrada. Toques e restos do medieval, aqui e ali, até chegar a este sul de França rústico - chegara ao local desejado.

Agora, só lhe faltava *chegar* ao momento perfeito.

De cor, luz e linhas.

De silêncios ensurdecedores e movimentos mudos, gritares de borboleta e coelho selvagem que corre, livre.

Flora.

Fauna, caminho antigo, na peugada do *sasso*.

De caca de galinha, para quem se aventura mais a dentro e à vinha, mas, chegar a Saint-Paul-de-Vence é como voltar mil anos atrás e de repente, ali e ao virar daquela curva; que sobe e donde nos espreitam, a meio do horizonte - bem perto, imponentes e batidas em colina baixa - tanto torre como muralha; cruzada número um, ali nos transporta.

Aventurando-se região a dentro, são coisas ou costumes milenares que nos apercebemos, aqui e ali; que nos tocam na alma, ainda que já não o usemos tanto assim, de tão urbanos que nos tornámos – e o decompor duma laranja na terra, como exprimir um odor através duma imagem?

Foto, foto, foto – dupla foto!

De Nikon Z7 empunhada e a apalpar terreno - é câmara leve, ao pescoço, apetecível e sempre pronta, sem espelho mas de uma definição fantástica.

A absorver o ar primaveral da manhã fresca por entre a folhagem, nesta suave colina que desce, longa até ao mar - e quase de certeza a pisar solo privado, mas Malinovsky vinha preparado: sem armas, sem guerras e olho aberto para o natural.

O velho Jeep, um *Wrangler* laranja, estacionado um pouco atrás, num dos inúmeros poisos plantados de propósito e à beira das estreitas estradas que compõem o interior da região, mas chovera toda a noite na Riviera.

Verdes até Nice com carácter, absorvia Malinovsky - de contrastes vivos.

Em torno, uma vegetação heroicamente sobrecarregada de gotas cristalinas, que ainda escorriam colina abaixo – seguindo-se um profundo abrir de pulmão, em reflexão e levado por um vento fresco de Abril que lhe fez voar os cabelos, estes meio longos, grisalhos e soltos.

Três dias sem alunos, pensa, para o ar.

Sem querer pensar.

Três dias a pé, exulta Jean-Pierre Malinovsky, nas peugadas que dão e vão até ao corno de Antibes; assim lhe tinha parecido, na noite passada e visto de cima, no *Google Earth*.

Já na cama e ao adormecer: dois cornos no mediterrâneo francês a desenhar uma baía, quase inteiramente composta de praia e mar, entre o Aeroporto de Nice e a ponta de Antibes.

De facto, fazendo zoom na *app* acima e abaixo, em perspetiva, de pequenas baías charmosas era composta a Côte d'Azur – e a aventura partira daquele pensar, em casa e a sonhar:

O corno de Antibes.

*Bom título.*

Cagnes-sur-Mer.

Riviera, tudo muito identificável, à partida - pensa-se logo chique -, mas em vez não, sabia ele: como sempre, e em qualquer lado do mundo, há sempre algo além do óbvio.

E esta seria a pequena aventura por estradas irregulares, como se via, e para o interior da outra Riviera: aquela arborizada em tons rústicos.

A que lhe interessava, de rústicos que perduram pelas mãos do artesão – mas e como se vive na Riviera humilde?

'Casa com piscina aqui, mansão ali, o.k.,' diz Malinovsky para o ar, mas - no total eram mais casas com quintal à beira-estrada, bem velhinhas, bem normais e a necessitarem reparo, também; a simbiose, como funciona aqui? O rico e o maduro, como se avizinham, em tudo isto pensava Malinovsky, observando e lendo, alto e dum poste: *Chemin du Malvan.*

*Chemin* como caminho, interpreta - *Malvan,* o rio que flui dos Alpes-Marítimos, 'Num brindar à saúde das primaveras, nem mais nem menos.' improvisara - encontrara ele o título para a sua exposição fotográfica?

Três dias sem a azáfama dos alunos.

Da universidade.

De Paris.

Da *Vogue*. Do produtor. Do redator. Do encarregado-de-ensino-mor.

Da competição, do fingir-se ser-se algo, do tudo - natureza, por favor, pinta-me algo à Feininger! - quero sentir e voltar a sentir, fala Jean-Pierre Malinovsky consigo mesmo,

'Perder-me na sombra leve que delineia a curva duma folha que seja... dum raspar de tronco, gravado, na alma, na terra e para sempre - quero mostrar o picar espinhoso de Provence que me coça o pelo.'

Fora da rotina.

Rotina que mata.

*Ensina até morrer.*

'Sim, tens Mónaco e Saint-Tropez para quem *joga* bingo na Riviera, luxo e iates na marina; copos, anfetamina e todo o tipo de confetti, mas depois tens o outro:'

Aquele meio abandonado – um comboio ao longo da costa até Ventimiglia basta, na fronteira com a Itália, para chorar certas calamidades, urbanisticamente falando.'

Uma vez lhe retirada a máscara, é como um cair aos pedaços em câmara lenta, são décadas e décadas de abandono, esta Côte d'Azur.

• • • •

'... Mas, como circundar esta... curva da evolução?' pergunta o Prof. Ernest Vaughan, mas mais para o ar - muito se fala para o ar aqui, na Riviera - deve ser do ar que se respira.

Duma voz rouca e já de uma certa idade, o Prof. Vaughan vinha em companhia de Victoria MacBeth, futura Secretária-de-Estado Americano; ambos sentados num luxoso

*Audi Quattro,* azul *foncé,* quando, de facto e de curvas era feita a estrada até Saint-Paul-De-Vence, admirava Vaughan: num doce serpentear por entre a folhagem que sobe desde Cagnes-sur-Mer, à beira mar.

'Sem recorrer a medidas draconianas,' continua o Prof. Vaughan, 'digamos, e razão pela qual a existência deste mesmo *think-tank* do qual ambos fazemos parte, mas...'

Soltando até um ligeiro traço no canto do lábio, '... O único modo de se educar em massa... é o de se obrigar em massa.'

Uma pausa assombradora de olhares ocorre, então, entre os dois passageiros, no assento de trás do *Audi*; Ahmed, o motorista alto, em forma, barbeado a rigor e a fingir não ter ouvido - um dos muitos requisitos para se ser chauffeur da alta sociedade.

Isto com um céu a querer abrir na Riviera, parece que pensava Ahmed e visto agora do retrovisor; num desvio de olhar que tanto Vaughan como MacBeth se aperceberam, vindo, também eles e em seguida, apreciar:

Dum sol pronto a oferecer, ainda que, escondido por detrás dum manto fofo e leve de cinzentas nuvens azuleadas, já começasse a aquecer o Mediterrâneo pelas manhãs.

'Em última análise, é um obrigar a ter de se cumprir certos... parâmetros.' diz Vaughan, de novo e então, os dois passageiros de trás a reencontrarem-se olhos nos olhos.

'Para que se possa obter este ou aquele serviço, percebe-me, cara MacBeth – é esse o próximo passo nesta... curva da evolução humana.'

'Um planeta, uma visão, uma sociedade.'

'Porque tudo o que fazemos, quer queiramos quer não, traz consequências políticas, económicas e sociais.'

'Exato, Prof. Vaughan, exato!' corresponde MacBeth, mas sem conseguir evitar uma certa inveja profissional, até, pelo comentário do seu (venerado) antigo professor de Ciências Políticas.

E, com esta última observação ainda a pairar no interior do *Audi*, ao som dum Chopin calmo e apaziguador, curva sobre curva, leve e agradavelmente, assim se passaram os próximos instantes ou minutos, até que, e de sobressalto, duma curva seguinte vem um embater!

Aquele som típico do esbater violento de carne e osso em veículo que rola, e que o fez rodopiar sobre o capot - a vítima, lá está -, mas o guinchar de pneu a queimar asfalto ecoara largo pela manhã, abafado somente por bosque e casas de quintal.

Aqui e ali, à beira-estrada.

· · · ·

De piruetas falando, um dez em dez, olímpico e magnífico, pensou da Silva. Visto em duas dimensões, quase, e num plano individualmente exclusivo, pois, alguns metros abaixo do seu quintal, por entre as árvores e à beira da estrada, fora isso mesmo que vira:

Um homem nos seus sessenta, Cáucaso, tipicamente francês, parecia-lhe, de cabelos grisalhos e a voar, num rodopiar em arco perfeito e sobre um *Audi Quatro* azul *foncé*.

Que partira a toda a velocidade, sem vergonha nem tempo para se lhe memorizar a matrícula – isto num susto, quando, reage Martins e a seguir, imagine-se o bailarino caído?

Caído sobre a estrada e imóvel, 'Com um pouco mais de sorte, passa-lhe outro por cima!' comentara da Silva, avizinhando-se do vulto a passo largo.

Sangue do nariz, 'Está-me a ouvir?!'

Sem resposta.

Depois veio um grunhir, cheio de dor.

*Está vivo!*

Um tremer de braço esquerdo, o que amparara a queda, e donde duas mãos apertavam uma câmara fotográfica, de punhos cerrados e que cai, finalmente, a três centímetros do chão.

Protegera-la, parece que suspirava o homem, de alívio.

'Está-me a ouvir?'

'S-sim...' tenta exprimir-se o homem. Do lado esquerdo do rosto, o caído a terra, escorria-lhe sangue raspado de alcatrão, mas não muito.

'Tente não se mexer muito, calma.' acalmava da Silva, hoje em dia de um francês quase perfeito, sem sotaque; despindo a t-shirt que vestia num ápice, enrolando-a numa bola e que veio fazer de almofada à vítima.

Aconchegando a cabeça do homem com muita precaução, sem ser médico ou enfermeiro – e sem o saber - da Silva assegurara-se do bem-estar do seu *paciente*: que respirou, de sobressalto, inicialmente, para vir acalmar-se, depois.

Levemente, da Silva tentava oferecer aconchego e inconscientemente, passando uma mão pelo braço do tombado homem, que vociferava agora em voz baixa - mandando à merda algo, tudo ou alguém, parecia –, mas sem dúvida o filho-de-puta que o triturara pelo ar.

'Calma... como se chama?'

*Pescoço intato.*

'J-jea... Jean-Pierre... Jean-Pierre Malinovsky...'

*Memória a funcionar.*

'Jean-Pierre... chamo-me Martins - não se preocupe, vai tudo correr bem, vou chamar uma ambulância.'

# Capítulo 3

'Modo *roaming* uma porra!' Soltara Machado, sem se aperceber que o tinha dito.

Gare Central de Comboios.

Nice.

Café central.

E uma bela merda de café para começar, constatara Machado, ao balcão - *água suja de pé lavado* -, isto começava bem...

Mais um telefone-esperto que hoje em dia lhe ditava as regras - *mas onde caralho andamos?*

Resolveu não arriscar: mensagem.

Não é que desconhecesse *Whatsups* ou *Messengers,* simplesmente abdicara de toda essa nova inovação que andava por aí fora, não dera o passo e, mais para mais... Álvaro Machado, de orgulhoso bigode farto, pequena estatura e barrigão à garrafão, não papa grupos.

*Oi. Cheguei a Nice.*

*Bem-vindo, Álvaro!*

*Olha... tou aqui com uma situação caricata. Consegues esperar na estação, ou em algum lugar aí perto?*

*Meto uma horita para te ir buscar.*

*OK.*

• • • •

Assim o disse e assim o fez, Álvaro Machado, a rondar já o meio aborrecido.

*Esperar?*

Já não bastasse o que foi para apanhar o avião até Nice, recordava Machado, suando há horas do colarinho, e com um sabor agora bem mau na boca - *mas que merda de café*, 'Pardon?' aventurou-se Machado, dirigindo-se ao garçon. Francês não era o seu forte.

'*Oui, Monsieur?*' acolhe o garçon, jovem de meia centena de anos gastos, mas de uma penca invejável.

'*Oui, oui—le café,* vem donde?' perguntara Machado, já de sobrancelha carrancuda, dividida entre chávena na mão, o Pencas e a marca da máquina de café.

'*Le café? et bien...*' dissera o garçon, por detrás do balcão, girando-se delicadamente e vindo mirar o patrocínio na mesma chávena que Machado portava em mão; como que a confirmar o que, ou bem desconhecia ou que se estaria bem a cagar, mas soltando um, '*C'est un café Richards...*'

'Ora, diga ao Senhor Richards que é uma bela merda, o vosso café, obrigado – quanto devo?' achincalhando trocos no bolso.

'*Pour vous? 7 euros, s'il vous plait...*'

Mas Machado não estava para brincadeiras, e isto vindo de férias. 'Ora, para si, dois euros e cinquenta centavos, não mais!'

'O.K.' dissera o garçon, incrédulo - nunca esperara receber os dois ditos ducados e meio, e isto, quando, tanto nariz e lábio superior se lhe vieram empinar, bem à francesa e a condizer.

Virando-lhe as costas, como a quem o prazer do resto do dia lhe tivesse sido aniquilado pelo gosto dum mau café – *porque assim o é -*, Álvaro Machado decidira:

Caminhar por Nice durante meia hora e voltar para trás, num apalpar de terreno.

Bagagem de mão bem leve, *ao menos isso*, num triturar de rodelas - rua acima, rua abaixo - mas assim visitaria Machado a bela cidade de Nice, esta pintada em tons de pastel e dum reminiscente passado italiano.

Porém, e por mais que caminhasse, o dia anterior tinha feito mossa, e disso começava Machado a aperceber-se – razão, talvez, para toda aquela casmurrice sua, mas, simplesmente não conseguia esquecer o episódio:

Ocorrido no café da Rosa, ainda em terras lisboetas e que lhe remoía o cérebro.

# Capítulo 4
## CAFÉ DA ROSA

· · · ·

*'Tá morto!?'*

'Borrou-se até à morte!' exclamara Seu Zé, entre sorriso e espanto, 'Comeu tanto bolo-de-arroz que até cagou tripa!'

'Boas!' ouve-se, neste mesmo preciso momento.

'Olha, o Machado!' em uníssono ouve-se, por parte da clientela habitual; 'Em boa hora!', solta um dos velhotes lá de trás, vesgo d'aguardente e seguindo Álvaro Machado - este entrando de polegar e indicador já alçados, como que a pedir, *meia-taça, por favor* - o café que nunca veio.

'Calma, calma!' ordena Vasconcelos, o polícia destacado prontamente ao sucedido. Fim de tarde no café da esquina, *um morto*, 'Isto tá bonito...'

*'Ma cosa l'è sucesso?'* pergunta Visconti, turista italiano, voluntariamente perdido numa Lisboa velha – que lhe lembrava a sua Itália dos anos 80, comentara anteriormente -, aproximando-se agora da mesa onde, caído sobre si mesmo, de fuças bem enterradas num caldo verde já frio, Marco, filho de Sebastião e Adelaide se encontrava.

Inanimado.

Entre a espada e a parede, vida ou morte - assassínio?

*Era só esta que me faltava*, pensa Vasconcelos, estabelecendo um perímetro à volta da mesa, no interior do café da Rosa.

Não que fosse para dar ar ao defunto ou preservar possíveis provas - mais a ver com o facto de que, se há coisa que Vasconcelos deteste é não ver o que se passa atrás das costas.

'Mas... e a Dona Rosa, quem é?' pergunta, então, mas já dum desespero visível.

Escondida há já algum tempo na cozinha do pequeno café, Rosalinda e as suas sessenta e três cansadas primaveras – viúva e patroa por herança - avizinha-se, acanhada e meio tímida.

Ou qualquer coisa entre timidez e só querer que todo aquele alarido acabasse de uma vez por todas num, 'Olhe que ainda tenho que passar a ferro lá em casa, quando é que chega a ambulância?'

'Ambulância? Diria mais carro funerário...' ouve-se duma mesa, lá atrás.

'Dona Rosa...' diz Vasconcelos, contente de ver a investigação a progredir. Dirigindo-se a balcão, '... Será que poderia, nas suas próprias palavras, descrever o que se passou aqui e à mesa do seu café?'

'À mesa? À mesa, ao balcão, de pé – o homem entrou eram nove da manhã e não parou de comer, foi o que foi!'

'Dizia que comia não por fome mas sim de saudades!' ouviu-se, novamente e lá detrás, 'Um a um, comeu cada um dos bolos da casa!'

'E os salgadinhos!' diz um outro.

'Mas sempre bem educado - perguntava sempre se alguém queria o último.' Disse o catraio, bicicleta à porta.

*'Dio Mio, è morto veramente?'*

'Calma, calma,' pede novamente Vasconcelos.

Olhando em torno, nada de especial, um café normal – isto é, tirando o morto e a vitrine, praticamente vazia.

'E... suponho que tenha sido o homem a lhe esvaziar o balcão?'

'Balcão, vitrine' resmunga Rosalinda, 'eram dez-e-meia e já não tinha pão *pa* vender!'

'Depois vieram as sopas...' continuara a triste Rosalinda, '... e as saladinhas de polvo - o prato-do-dia hoje foi bitoque.'

'E tudo isso o homem comeu?'

'Eram só saudades!' larga Vitorino Leal, mais conhecido em Alfama como o Zé Bigodes.

Dado estranho, porque, no lugar do dito cujo, Vasco Vasconcelos reparou que, em vez, ao Bigodes lhe pairava um manto de suor acinzentado por cima dos lábios - típico de quem fizera o bigode no dia anterior.

'Ora vamos lá a ver...' diz Vasconcelos, dirigindo-se agora à sua plateia e em tom de reflexão, 'Mas o homem, alguém o conhece?'

'Marco, filho de...'

'Sim, porra!' cortara Vasconcelos, já meio zangado, 'Até aí já todos chegamos – filho de Sebastião e Adelaide, mas o homem, alguém o conhece? mais para mais, quem são esses Sebastião e Adelaide?'

'Ora...' começa Seu Zé, com cara de quem conta Sebastiões e Adelaides, '... Eu, Sebastião lembro-me de um, quando era jovem...'

'Do calceteiro?' pergunta-se, lá de trás, numa mesa vizinha.

'Não, não!' interrompe o Bigodes sem bigode, 'O filho do calceteiro! O Sebastião, esse... foi para o litoral, depois do êxodo rural... agora se é o mesmo já não sei...'

*Êxodo rural?*

Isto tá mesmo bonito, pensa Vasconcelos.

Mas, e em primeira análise, nada que indicasse suspeita de crime por parte dos intervenientes no café da Rosa.

Mais inclinado para que o defunto tenha morrido de uma forte caganeira, pensava Vasconcelos mas, isso... deixemos para médico ao que de médico se lhe compete, reflete – há que estabelecer primeiro certas andanças.

Como, e tirando a Dona Rosalinda, supõe-se, ainda que circunstancialmente, de quem atestara ao ato de, lá está, esfocinhar no caldo verde, por exemplo? 'Alguém o viu, digamos... a morrer?'

Perguntas sem respostas.

Perguntas sem fim.

'Vida de aldeia!' oferece, então, Seu Zé, lá do canto e em tom nostálgico; sentado à mesa com Bigodes num confronto de manilha acesa. Acesa mas interrompida, sete cartas jogadas ao acaso na mesa.

'Desculpe?' questiona Vasconcelos, dirigindo-se a Seu Zé com intriga escarrapachando-se-lhe no olhar.

'Lembro-me de o ouvir dizer - o morto, quero dizer, antes de... antes de reparar que tava morto, para bem dizer... vida de aldeia, disse, em voz alta.'

'Pois foi!' reconhecem, um a um, os restantes lingueirões do Café da Rosa.

'Vida de aldeia?' repete Vasconcelos, ainda mais intrigado.

'E que mais?'

'E que mais?' intervém Rosalinda, de trás do balcão.

Entre vitrine e o metro e meio quadrado que constituía a cozinha deste seu típico e pequeno café de esquina alfacinha, 'O homem ora falava bem dos portugueses ora nos achincalhava a todos e sem perdão!'

'Que somos isto e aquilo.' gralhava agora Rosalinda, 'Outrora os melhores... mas que já não queremos saber do nosso Portugal – quem é que percebia o homem?'

'Conversa de emigrante...' suspira-se lá do fundo.

'Emigrante!?' exclamara, de sobressalto, Vasconcelos, 'Ah-ah! - qualquer coisa se sabe do homem, afinal, emigrante donde?'

'Sei lá!' atira Bigodes, 'Que foi pra terra de francês, depois Inglaterra...'

'... Que viveu em todo o lado...' completara Rosalinda, entre tachos e o enxugar de chávenas. Sem se aperceber que já ia, pelo menos, na segunda volta - do enxugar, apercebera-se Vasconcelos - tipo à Rosa Mota em Seul, só para ter a certeza.

'Mas que vive na Finlândia. Isto é... vivia.'

'Finlândia!? chiça...' exclama Vasconcelos, mais para o ar que outra coisa. 'Um verdadeiro saltimbanco!'

'A meter a bandeira portuguesa lá bem alto por onde passa!'

'É obra!'

'Mas alguém sabe o que o homem veio cá fazer? - de férias, de viagem, em trabalho?'

'*Há detto qualcosa di un viaggio, si...*' intervém Paolo Visconti, que ouvia atenciosamente e há já algum tempo.

Para Visconti parecia ser um prazer ouvir essa língua estranha do português – por vezes tão idêntica à sua, outras proveniente de tão longe que nem conseguia imaginar donde, deixando-o a viajar nos pensamentos.

'Uma viagem...' diz Vasconcelos, como que a concluir em tom sonhador quando, e dito isso, ocorre-lhe de analisar o morto, novamente: Uma certa pinta, até, pensa, e vestido não tão caro como se possa imaginar, lá porque era emigrante - simplesmente com alguma pinta; duas cores predominantes entre castanhos e azuis, casaco, gangas e pullover.

A contrastar, um cachecol duma terceira cor, cinzento lã, a condizer e ao contrário do típico português, refletia Vasconcelos, capaz de vestir sete cores, às vezes, num autêntico arco-íris ambulante.

E assim, do nada, Vasco Vasconcelos deu-se por si a recordar. Isto tudo enquanto analisava o morto esfocinhado na sopa, e até com alguma inveja, sentiu.

E admitiu.

Não do facto vivível da coisa, lá está, o morto estava bem morto enquanto que ele... ele ainda respirava mas, recordando-se, Vasconcelos deu por si à mesa, em casa sua e sem saber porquê.

Em tempos longínquos de há quase vinte anos atrás.

Antes da universidade.

Hoje a dois passos de finalmente se tornar detetive - algo que Vasconcelos lutara muito mas muito para lá chegar -, sem saber porquê o morto afocinhado recordara-lhe o dia em que finalmente decidira enveredar por tal caminho.

Porque Vasco Vasconcelos estava para se tornar advogado.

E foi numa conversa à mesa com o seu pai, gentil homem e culto, que Vasconcelos ouviu os conselhos justos e adequados:

'Vasco,' relembra Vasco, 'Escuta bem... nós, eu e a tua mãe, vamos sempre apoiar-te naquilo que tu decidas, mas... tens que aprender umas certas coisinhas da vida...'

'... Coisas que, normalmente, ninguém te explica durante esta longa viajem da vida...' continuara o Pai.

'... Como, por exemplo, o facto de que, ao se escolher uma via profissional está-se a dizer não a todas as outras, se pensarmos bem, entendes-me?'

Calmamente, então, 'Não é que tudo seja definitivo na vida, lá está, mas...'

Mudando de trajetória, olhos nos olhos, 'Licença de advogado requer muito mas muito estudo, Vasco - e isso quer dizer tempo... tempo esse que não volta para trás, mas o problema não está só aí... e aí quero eu chegar.'

De olhar bem afincado no dele agora, de sobrancelha alçada e pontiaguda – eterno sinal de que algo estava para vir: 'Advogado rege-se pelas leis do seu próprio país e, por isso mesmo, licença de advogado não permite a advogado de trabalhar noutro país, Vasco – não é assim tão fácil. Porque cada país rege-se pelas suas próprias regras, religiões e leis - entendes-me?'

Como que concluindo, passando de agudo a suave, num sorriso assegurador que se derretia pelo rosto – tenro e paternal -, 'E tu, Vasco - tu tens cara de quem quer ver o mundo lá fora, não te fiques por aqui...'

Nisto pensava e nisto divagava Vasco Vasconcelos quando, do caldo verde frio e do nada, se levanta Marco, filho de Sebastião e Adelaide!

Um silêncio de cortar à faca veio furar o interior do café da Rosa, tal não fora o espanto de, tanto clientela como patroa, polícias e demais - até a rádio se calara, lá do fundo...

Mas a verdade é que, meio grogue e a cambalear, assim saltara Marco, da mesa e rua abaixo.

Sem saber que estava para conhecer, pouco depois, Serafim.

# Capítulo 5

*Vindo do ventre*, da alma e dum prolongado ponto interrogativo existencial, Serafim das Couves enguiçou num ponto.

Artigo atrás de artigo, após anos de longas discussões com esses velhos piratas e amigos seus - que compunham o Grupo Internacional de Jornalistas Pela Verdade -, *doa a quem doer*, de pontos e mais pontos Serafim sofre, neste momento e ultimamente:

Não faz a mínima ideia do que escrever e isto quando, dentro de duas horas, algo terá de ser entregue no andar de cima. O do boss - amassa o cérebro tipo enchido-de-porco salpicão, neste vê-se-te-avias que é o mundo de hoje.

Ai Lisboa, a quanto obrigas, questionava-se das Couves e nostalgicamente; não fora fácil chegar aqui, mas, agora, e por todas as razões, já nem Lisboa fazia sentido.

Aliás, já nada faz tanto sentido assim, refletia e quando um tweet do primeiro ministro do Reino Unido lhe salta a cantarolar do telefone-esperto - aos milhares a comentarem.

Aos milhões a não se entenderem.

Das Couves manda a sua posta de pescada também, como jornalista resignado que o é, implicando e implorando para que o Reino Unido erradique de uma vez por todas os ditos *offshore paradise schemes* – aquelas ilhas inglesas donde, e desde 1957, se é permitido esconderem empresas-conquilha, contas bancárias, ganhos e despesas – tudo isso continuamente sem se pagar impostos.

Para alguns.

A lavar dinheiro desde 1957, imagine-se, e a esconderem segredos. De arquivo, nada – porque nada é arquivado, nesses paraísos fiscais e obviamente -, e já não há paciência.

De que vale escreverem-se colunas de política, guerras e economia, diariamente, se o jogo é aldrabado desde o início?

Desde há séculos?

Se o problema não é tido em conta, e isto com a bênção de todo o santo político que caminha ou caminhará sobre a Terra?

O que vale ser-se jornalista se não se despela a verdade até ao caroço? Perpetuadores e vendedores de morte, somos, nós, os jornais - damos asas às dinastias para que estas voem livres; a voz, essa perde-se, quase sempre, no interior dum envelope bem gorducho.

E se ao Reino Unido se atribui metade de toda e qualquer evasão fiscal offshore no planeta, cerca de vinte e cinco por cento caiem nos ombros da nação mais poderosa alguma vez vista – porque tudo é permitido nessa América.

*Our special relationship,* dizem eles, de quando em quando, num comunicado oficial – que grande nojo, pensa das Couves, de mentiras vivemos.

Os restantes vinte e cinco por cento, chamemos-lhe o que são – oligarcas e sultões -, os verdadeiros senhores do mundo, um asco: célula-mãe onde se formam os esporos dos cogumelos ascomicetes.

À janela, pensativo, no escritório de redação, seis e meia da tarde e um sol frio, lá fora.

Alcântara.

Comboio até o Cais do Sodré.

Caminhada pelo fim de tarde, Praça do Comércio a dentro, olá Terreiro do Paço e ao som de gaivota, pois, para Serafim das Couves, orgulhoso português de bandeira erguida, nada se compara à egrégia sensação de se caminhar sobre esses passos em finais de tarde – e o que representam, o que outrora representava uma Lisboa.

Ao sabor dum mar salgado que paira no ar, enquanto se olha o Atlântico, das Couves recua de um passo e hesita, percorrendo o reflexo das ondas com olhar semicerrado; ao som dum vento forte e do sudoeste a querer bater Lisboa adentro, como que a dizer, 'Não te esqueças de mim – nunca te esqueças do mar...'

E sim, triste, vazio, sem propósito nem verdade, assim olha Serafim das Couves – pois algo se esvanecera com o tempo, pensa.

Sim... fora a verdade, sem dúvida. O dinheiro chega no fim do mês, mas já nem isso lhe basta – e nunca fora uma questão de dinheiros.

A verdade, recorda ou tenta recordar, com saudade e retomando caminho - que mais dizer quando mais não se pode?

Se?

Se, por este andar, tudo indique que nada neste mundo mude o facto de que se tenha tornado impossível o ato de comunicar?

Por outro lado, como é que se comunica com quem vos responde "Não papo grupos!" a toda a hora?

Ou... "Só falo português!", quando a conversa ferve e requer argumento?

O verdadeiro problema sendo o de que também o faz assim tanto espanhol como francês, inglês, e japonês, e etc... neste mundo globalizado.

*Ler fodido à escala global.*

Pois certas pessoas têm um certo dom: o de comunicar em sentido único - o deles. Ou delas, sem preferências, e tu, meu cabeçudo *Portogallo*, tornaste-te num desses, pensa das Couves consigo mesmo – 'Com o passar do tempo, tanto recalcou que emprenhou.'

'Desculpe?' pergunta quem passa, ao seu lado, 'Nada—nada, falava comigo mesmo...' desculpa-se das Couves, preparando-se agora para se dirigir à Rua Augusta, de mãos perdidas nos bolsos.

De olhos perdidos entre azáfama, vitrine pasteleira, calçada e tantas mas tantas estórias - mais não posso e mais não dou, caguei -, pensava, enquanto caminhava Lisboa acima.

A sua, aquela clássica.

E, de resto, pensa das Couves, de que outro modo se pode começar tudo isto quando, 'E desde a casa de partida, todo olhar já lance flechas d'ódio ao fiscal-de-linha lá em baixo - esse *toininho* perdido em caldo doce?'

'Que porra de homem é este?' até já vos consigo ouvir, 'Persona non grata!'

'Filho desnaturado!'

'Filho d'um corno!' entenda-se, em bom algarvio, há que se lhe dizer, 'São outra raça, esses mouros, castiços do caraças...'

Mas, de castiços, sempre lhe parecera, é feito este Portugal.

De castiços e castigos; amor sem conta nem medidas – esse amor por um Portugal dos avós, quando tudo ainda fazia algum sentido porque, uma geração depois – sem sequer saber dizer arre burro ainda, e já nos chamavam de Geração Rasca.

Era só amor lá em casa.

Onde foi parar *aquele* Portugal?

De Vascos Santanas, esse, sim, recordo e quero recordar, pensava das Couves; de Santanas e sacanas mas de honestos corações - o que vier vem -, de ouro ou de rancores, mas de honestos corações, na sua simplicidade: assim lhe parecia o velhinho Portugal dos avós.

Já esquecido.

De Leão da Estrela e Casa da Bica, Praça do Saldanha, traquinas e alfaiates – amola-tesouras, tripeiros e vendedores de rua, ah, peixeira!

Ah, fogareiro! só mesmo um alfacinha para perceber essa.

O da Grândola Vila Morena – *Povo Unido Jamais Será Unido*, os gadelhas da liberdade -, o que acontecera entre esse pós-fascismo de Abril, essa revolução amada e reconhecida por todo o mundo, de cravo ao peito como, "Vitória de ninguém mas sim do povo Português", e os anos que se seguiram?

Anos esses em que das Couves nascera para o mundo, num mundo onde tudo parecia ter sido sempre assim mas, em vez, não – eramos história recente: de bigode farto, poetas e escritores; de engenheiro culto mas agricultor magro, a caminho do litoral.

E tudo isto poderia ser bem endereçado a todo o português, sendo ele o primeiro a fazer um *mea culpa* - não há exclusividade de direitos aqui mas, para ser honesto, das Couves já nem sabe por onde começar.

Mais para mais, e admitido, das Couves admira-se do facto de que ainda consiga escrever na língua de Camões - por onde começar, verdadeiramente?

Cronologicamente ou de trás pá frente?

Em tuga ou brasuca?

E alguém lhe explique porque é que, de cada vez que se pesquise uma tradução online, esta lhe saia em tons de Sinhozinho Malta?

E isto se for masculino porque, em feminino soa sempre a *lavajona* - acaba-se sempre com imagens duma mulata *alanvajada* de lábio grosso e bem *têtona,* lá, num tal Sertão, jamais visitado por ele.

Pronto, lá vais tu, tava a ir tão bem, pensa das Couves, Rossio acima.

Mas ser português é ser-se chunga... temos aquela cara, aquele andar, nesta Europa unida em tons de eufemismos e meias verdades, onde ninguém se entende; ninguém se conhece de verdade, e Serafim das Couves sem saber no que acreditar.

Acreditam?

E ao mesmo tempo, se soubessem quantas saudades, pensa...

Pensa quando, sem querer, esbarra ombro no ombro com um homem alto e forte, de ar louco e vindo duma esquina.

Desculpando-se os dois educadamente, momentos depois, das Couves decide, ali e naquele momento – que se foda, tanto artigo como redação -, a reportagem naïve e crua procura! realidade, deseja.

Sendo assim, quase como que em tom de aposta, a passo curto e com uma certa distância, das Couves resolve seguir o tal homem alto e forte, Rossio abaixo; através dessa majestosa Praça do Comércio de novo, olá Terreiro do Paço, é sempre um prazer voltar aqui.

# Capítulo 6

*Pensávamos que tínhamos* tudo mas deixamos escapar o tudo, resmungava Marco Dias consigo mesmo, e antes de esbarrar com o homem, sensivelmente da mesma idade:

Um homem nos seus quarenta, como ele, mas bem mais baixo, de meia estatura; corte-de-cabelo recente, barba aparada, poupa escura e penteada, enfim, alguém que passava despercebido na rua, ao contrário dele.

E vestia dum casual que Marco Dias conhecia bem - o do jornalista, acessível; casaca ligeira de meia-estação.

Por um momento, os dois olharam-se, ombro no ombro: olhos límpidos, claros e ao contrário dos dele, enevoados por meia vida de pecado e morte. De penitências e castigos, voltas e mais voltas mas nunca mais voltámos para trás.

'E onde ia eu?' disse Marco Dias, para um olhar surpreso do homem em frente.

A tentar vos explicar quem sou e onde ando.

Por esta altura a investigação tornara-se internacional, Europol e tudo.

Do ano que foi e do ano em que estamos.

'Sem o querer, ou talvez querendo em demasia, tanto eu como o Bellows não nos ficamos por aqui: entre os gritos loucos de Amsterdão e o tornar a Londres, esborrachei um guarda em pedaços, deixando-o vivo mas moribundo, numa noite bem fria em Newcastle.' Dias disse, desviando o olhar à prima-donna e pregando, rua abaixo.

'Foi a noite do renascer da besta.'

E fui por ai fora. De comboio em comboio por essa noite fora, tinha de me redescobrir. Para poder apagar-me. Para sempre.

Deixando para trás uma Sónia, em quem nunca toquei nem com uma flor – pelo contrário -, e sem saber porquê; talvez um dia me expliques, talvez não, mas espero encontrar-te vivo.

Para, em seguida, te esvaziar de todo o teu sangue. Sem o beber - não tenho apetites canibais, não é por aí que toda esta ira embarca, nunca o foi: fujo do amanhã para esquecer o ontem, restando-me, constantemente e sem escolha, o presente.

'Mas, e do presente, caros amigos, o que vejo à minha frente mete dó até ao menino Jesus.' disse Dias, para espanto de duas velhotas, passando a meio metro de distância.

Mas esta é a estória contada pelo perpetuador do ato e de memórias, não a do detetive - porque nunca me apanharam; matei sempre em cidades diferentes.

Em países diferentes.

'Países que não se conhecem,' continuava Marco Dias, estrada abaixo - não se estudaram, não se uniram, invejaram-se em vez -, dos sete pecados mortais, diariamente e por cada um de nós e sem exceção, aos milhões, cometem-se.

Sem perdão.

Dirás um dia que deveria ter optado por esfaquear corretores da bolsa e políticos corruptos, em vez de belas mulheres.

Talvez tenhas razão e, nessa mesma linha de pensamento, tanto eu como o Barry Bellows concordámos, por uma vez na vida; a uma certa altura começámos a alinhar-nos.

Tipo Júpiter, Marte e Saturno, encontramo-nos.

E perguntámo-nos em uníssono, 'E a seguir?'

Para contexto, longínquos são já os anos passados onde, simplesmente, não conseguirei explicar nunca o porquê de querer matar belas donzelas nessa altura - não te sei dizer se era premeditado ou aleatório, mas algo me impulsionava.

Sempre.

Sempre e uma vez mais - porque raio o Diabo teima comigo não sei, mas encontrei nele uma voz amiga neste mundo cão.

De comboio em comboio, Praga, Viena, visitei uns belos pares de cidades europeias, senão meia Europa – mas com um propósito diverso, foi um inter-rail diferente, o meu: ia para ficar, não de férias.

E é-me difícil explicar mas, comunicar... quando se aprende uma segunda língua, a sensação é espetacular... o de começar, aos poucos e poucos, a poder-se exprimir, em tons de piada, até.

'E quando se chega a um nível de poder-se ser sarcástico numa língua estrangeira, pode-se começar a dizer que, fina e finalmente, se domine uma língua estrangeira.' dizia Dias, para o ar e para uma Lisboa pedestre, mas sem tempo para o ouvir.

Mas quando se aprende uma terceira, aí, sim - algo sucede no cérebro: algo cede, uma delas começa a ceder aos poucos, normalmente a que se pratica menos.

Confundem-se.

Chegando à quarta... por essa altura, uma das tais línguas estrangeiras já se tornara a principal, ultrapassando até a materna.

A da mãe, que foi, era e já não é.

Se se optar pela via da sinceridade, e analisando, em tons leigos poderá se dizer até que, uma vez chegada à quinta língua, '... Bom, aí a materna já soa a *scrabble*, quando escrita:'

É-se possível entendê-la.

Consegue-se ouvi-la.

Ainda a fala, ainda que adicionando-lhe maneirismos e estrangeirismos, mas é quando se nota que já não se tem a certeza de como escrever na própria língua materna que um se pergunta: *donde caralho venho eu?*

Perguntas a mais para três locutores no estúdio de redação que é esta minha cabeça - necessitávamos de um plano, necessitávamos paz.

Requeria tempo.

Um ano sabático e, por isso, ninguém em Newcastle sabe onde ando, ao certo, pedi um ano sabático à patroa.

Sinceramente, esperava um não bem escarrapachado nas ventas – acho que devo ter sido o primeiro a pedir a tal coisa em anos, mas, e para meu grande espanto, em vez, recebi um sim.

Devido, sem dúvida, às recentes investigações criminais, levadas a cabo num longínquo espaço de quase três anos e meio, sem pausa - e dum meu empenho exemplar, mas, esgotamento físico e nervoso foi o mínimo diagnosticado e durante.

E, assim, recebi um ano sabático, pago a cem por cento, 'Volta com energias replenas, Marco.' disseram, tanto patroa como colegas sem hesitar.

'Afinal de contas, são poucos os que se jogam para o meio da merda como tu.... a maioria de nós trabalha aqui, no escritório, enquanto tu... Gajos como tu têm de cheirar merda para saber o que é merda.... este mundo precisa de mais repórteres como tu.'

Cansado, parei em casa dois dias e decidi partir de novo.

Deveria ter continuado a trabalhar, sei o que querem ouvir, mas esta não é uma estória normal – aliás, nada o é na vida dum psicopata.

Sei que querem-me ouvir a contar-vos da foda seguinte e como nos comemos numa noite de deboche.

O cortar das veias, o esguichar de sangue – da fórmula, tu queres fórmula. Desejas desejar mas com uma ponta de excitação; não gostas de adivinhar o que vem a seguir mas continuas a mandar palpites.

Ora, aqui não há fórmula, lamento - sempre consegui controlar desvaneios.

Aliás, tanto eu como o Barry Bellows, mais para mais, mas, neste momento, ambos necessitávamos de calma e paz.

E nada poderia antever o que estava para vir: num desmantelar de fórmulas, o thriller desenvolve-se em contornos nunca antes palpitados pela minha parte.

Isto sabendo que, neste momento, meio mundo se perguntasse, quem matara Amanda, em finais de inverno e em Amsterdão?

Lisboa...

*Perfeito.*

Tanto eu como o Barry Bellows necessitávamos de planear o passo seguinte.

# Capítulo 7

*Toca o telefone-esperto* da redação: 'Serafim, onde andas? tá tudo à tua espera no meeting!'

'Oi, Marta... olha, diz-lhes que...' mas a pausa viera do subconsciente.

Da alma.

'Diz-lhes que... olha, diz-lhes para irem à merda da minha parte - o boss vai perceber.'

'O que é que—onde estás... o que é que se passa, Zé Serafim?' alcunha simpática para José Serafim das Couves.

'Marta, não vale a pena... neste momento estou a meio duma entrevista com... com um psicopata e *serial killer* - ligo mais tarde.'

Alguns momentos depois, 'Agradeço a sinceridade,' soltara Marco Dias, calmamente e após das Couves recolocar o telefone-esperto no bolso da casaca, esta bege, longa e estriada.

'Cortesia profissional, metemo-la assim.' comenta das Couves, os dois agora embarcados até ao Barreiro e sobre o mar; naquele fresco de Lisboa em final de tarde que só quem o atravessa (dia-sim dia-não) o poderá alguma vez perceber.

E dado que a *perseguição* o levara a embarcar até ao Barreiro, no final, das Couves optara por abordar o dito homem alto, forte e de ar meio louco; de cabelos castanhos, a quererem encaracolar, despenteados e de olho azul-husky - mas o que sobressaltava no homem era um certo impulso, ou a ideia de: como que indicando que algo estava para vir e a qualquer momento - certos indivíduos carregam esse tipo de bagagem.

'Onde íamos... ah, sim, Marco Dias, repórter criminal em Newcastle... dupla personalidade e admitida esquizofrenia, enfim—razão pela qual mate belas donzelas há mais de vinte anos, correto?'

'Tintim por tintim, mas... agrada-me o facto de que não esteja a tomar notas, Sr. ... das Couves.' diz Dias.

'Serafim, caro.'

'Marco, então...'

'Diga, Marco, e de... futuros projetos?'

Mas um *não sei* já pronto e meio sonhador voara-lhe, da boca de Marco Dias, que veio pousar, em seguida, o olhar nas ondas do mar.

'Tanto eu como o lado negro da máscara necessitamos de um tempo. Paz e tempo, se me percebe.'

'Sem dúvida.' Compreende, genuinamente, das Couves.

Ambos a virem pregar o olhar no horizonte por uns instantes e em simultâneo, num belo fim de tarde; à proa do barco, belo mas frio, e sobre um ondular cada vez mais forte, na costa lisboeta - esta deixada para trás em velocidade cruzeiro.

Dum por-de-sol vivo e alaranjado, aquele oeste de Lisboa eterno, sempre o vira assim das Couves, mas dum frio hoje que relembrava o inverno - vai ao osso -, dum mar salgado temível, nunca te esqueças.

Atrás do barco e sobre uma Lisboa de encantos sem fim, uma gigantesca nuvem escura formava-se e à algum tempo – esta vinda do norte, notara das Couves -, e batiam-se ventos no litoral.

'Sinto falta do sal marinho.' diz Marco Dias, momentos depois e nostálgico.

'Foi isso que o trouxe até Lisboa?'

Pausa.

'Também, mas não só. Tinha saudades...'

E foi assim que, deste modo, Marco Dias começara - a recitação, a performance.

Mas levara algum tempo para que das Couves se apercebesse de tal como tal, pois o momento seguinte trouxera algo de especial, na sua complexidade: algo que necessitaria dum certo tato para se o perceber.

. . . .

. . . .

. . . .

'Saudades do estalar de um pastel-de-nata bem fresquinho, bem quentinho e no interior da boca, cedinho de manhã, mas, ao mesmo tempo... fica como um olá que sabe a adeus...'

'... Saudades das bocas ríspidas em tom de penalti mal assinalado em tarde de Domingo, *Record* desfolhado...'

'Do cheiro da nossa pastelaria portuguesa que não tem igual – ou tinha, mudou, era diferente, quando se era pequeno -, o mais parecido só em Itália quando a visito.'

'E obviamente, diga-se-lhe - não é por acaso que no Porto um cimbalino é uma bica.'

Todo este discurso, Marco Dias efetuava-o consigo mesmo e para o ar, admirava das Couves, num monólogo teatral com gestos exagerados e a condizer.

'Pois é – oh, Seu Zé -, *Cimbali* é o nome da máquina de café!' recitava o psicopata, alterando o tom de voz, aqui e ali, mas agora à bimbo.

'Nome de famílias italianas que nos deram esse infindável prazer que é, "Um cafezinho, se faz favor, em chávena escaldada!"'

'Curto ou longo, meia-chávena, vocês sabem lá há quanto tempo eu não oiço isso - há quanto tempo não bebo um desses -, ai, Nicola... melhor do mundo e mais não digo.'

'Mas, para o dizer, tive que ir por aí fora e bebê-los para o poder dizer em voz alta, porque, tirando nós e italianos, nesta Europa fora, deixam arrefecer o café antes de o servir!'

Recitava, recitava, recitava e com gosto.

'Imagine-se o espanto dum qualquer Sr. António, patrão ao balcão dum qualquer café no Rossio - crime!'

'Em Lisboa, lembro-me, entrava-se num café direitinho ao balcão, e já com tostões contados para aqueles três segundos de prazer amargo ou agridoce - como queira, abandona tudo, garçon, que aqui café é vida ou morte!'

'É arte, Seu Marco!' soltara Dias, alto, de tom irónico e numa voz de mulher. 'É bem mais do que arte!'

'*È come a Napoli*,' grita, *lá de trás*, um turista italiano, 'É na veia!'

'Lá fora... vezes sem conta me deparo com estrangeiro a perguntar-me de onde venho? isso porque me ouviu a falar com um patrício e julgou, por motivos fonéticos, ouvir algo entre napoleónico e russo - e esta, hem?'

'Sim, é verdade, vezes sem conta - fosse uma ou duas ainda passava, mas, sempre, é obra.'

'Dez em dez é matemático, é ciência!' diz, imitando uma voz de velho. 'Devem nos julgar meio romenos ou albaneses.' agora entoando-o à alfacinha.

'Explicado, a última sílaba desaparece, cola ao início da palavra seguinte e, daí, nasce aquela nossa bela entoação, aos ouvidos do mundo, bem *chbrunhesque*.'

'Sim... para todos os efeitos e aos ouvidos de um estrangeiro, português soa a *chbrunhesque* e, isso, caro Zé, torna-se complicado explicar quando se vive lá fora.'

'Mas, onde ia eu? ah, pois, saudades...', voltando à sua voz natural, sem sotaques, jurava ele, 'Porque andar lá por fora significa ser-se realmente de algum lugar - aprende-se a dar valor ao que é verdadeiramente nosso.'

'De onde vem?' pergunta a *velha*.

'E tudo muda desde o momento em que se aterra - nada se faz como se fazia lá em casa.'

'Ou fazia, no passado crescente. E isso aplica-se a qualquer identidade ou nação - num dos últimos Rocky, um ainda em forma Stallone revisita o bairro onde tudo começou, o primeiro, e diz algo como:

*"If you stay too long in a place...you become the place."*'

'... Saudades de um salto no mar salgado da minha Praia da Rocha - sim, essa mesma que todos anseiam vir no verão, nem imagino como estejas em dias de hoje: oh, Seu Faria, ainda carrega camas de banho de manhã, cedinho, cedinho, a montar praia?'

'Se sim ou não pouco importa porque vai daqui um abraço forte!'

'Saudade de ler um livro em tarde quente de Setembro, com três linhas largas à minha frente: a do mar, a do céu e da areia.'

'E um vento doce que parece nos sussurrar, "Que espetáculo de paraíso em que tu vives!"'

Todo esse tempo, Marco Dias explicava-se. Falava e interpretava consigo mesmo, e isso para grande espanto de, não só das Couves como dos restantes viajantes a bordo do Lisboa-Barreiro, composto de meia casa em final de tarde.

'... Mas, com tudo isto, perdi-me,' lá disse Dias, 'Perdi-me, porque, desde a casa de partida - e ao contrário do que muitos possam pensar -, não é meu intuito chincalhar o meu Portugal amado... Somente aquele e aquela chunga que não passam do nível de besta.'

Sempre teatrais, os olhos de Dias transformavam-se, aqui e ali, num enlouquecer diabólico, por vezes – 'Sem nunca se aperceberem!'

'Uma vida inteira sem se aperceber. A falar sem saber. Sempre na calha, sempre na retranca. "Não seja maldoso, Seu Marco!"'

'De manhas e *entremanhas*. O do voto útil - em cada cinco que vende, quatro vão pó bolso, sem pagar impostos – "'Na há hipótese!"'

'Sabem quanto odeio essa expressão bem portuguesa de "Na há hipótese!"?'

'... Em vez, sim, existem tantas mas tantas hipóteses – inúmeras, caro Português com p maiúsculo, hoje em dia já sem voz nem tomates: rebentam três bombas em três cidades europeias, atentado terrorista! nove líderes europeus juntos de mão dada, o nosso... nem ver.'

Silêncio total na proa e de repente, somente uma gaivota a ecoar fados tristes.

'Tá mas é caladinho e quietinho neste belo cantinho à beira mar.' diz, de voz feminina.

'E eu... lá fora.' passando à sua voz.

'A certa altura, e já o esperava, bem do canto do olho, pergunta-me o fulano estrangeiro do lado, "Mas... Portugal, faz parte?"'

'Lembra-me um Portugal da segunda guerra que nunca vi.'

Cara de parvo e propositadamente – à palhaço.

'Documentado, a acreditar em este ou aquele documentário – o que põe o tal selo -, das nossas colónias extraía-se volfrâmio, metal precioso e altamente necessário para que Hitler construísse os seus *Panzers*.'

'O Franco sempre quis nos anexar, mas o Adolfo dizia-lhe *"Halt! Achtung, Herr Franco!"*'

Fantástico, era só o que Serafim das Couves conseguia pensar, olhando o homem – a performance, o toque, ali, na proa do barco, à maresia pescadora.

'Só grandes amigos...' engrenava Dias, para encanto dos demais viajantes - ai se este barco falasse...

'... E o zé povo na ditadura... o maior reinado fascista fica, para a história, o nosso – quase meio século -, e todo esse tempo como neutrais, expliquem-me essa, por favor, é obra!'

'Torturas na PIDE, prisão de Caxias a trinta quilómetros de Lx, e histórias que cresci a ouvir sem nunca me terem sido explicadas – tabu, como sexo e sexualidade: crime aos olhos do Padre que, até hoje, ainda se pergunta qual a razão dum clitóris mas... a meu ver, Portugal passou o século passado a ver passar navios.'

'E pensar que fomos mestres náuticos.' diz, agora em tom nostálgico. 'Num passado bem remoto.'

'Passou sem criar uma marca de automóvel. Uma *Fiat* que seja, um *Seat* ou um caralho mais velho – lá, sempre na cauda, sempre a cheirar o cú dos outros, como o eterno pedinchas da Europa.'

'Talvez daí venha a expressão, *Fare il portoghese:*

*Expressão idiomática italiana, de hipotética origem no século XVIII e que, ainda em uso comum, é utilizada regularmente para se referir a alguém que tenta entrar sem pagar.'*

'Tipo a olhar de fininho, assim naquela, tá a ver? avance que talvez o homem não se aperceba.'

Pausa deliberada para que a plateia se enxergue.

'Talvez continue mas é a envergonhar, não só a mim mas a nossa bandeira lá fora, oh meu grande merdas - meu ganda chunga!'

'Porque ser chunga não é ser humilde ou ser-se pobre, desengane-se, caro Zé – e passe mas é lá aí um desses bolos de arroz, se faz favor –, sim, o bem tostadinho, sabe lá há quanto tempo não vejo um desses!'

Dum desvaneio total.

Fingindo-se de boca cheia, '...Verdadeiro pobre português passava fome, assim me contava o meu avô - e o seu também!'

'Hoje em dia já não há fome – em vez, há uma abundância que nos escapou das mãos, já não é nosso, trocámos o que era nosso por merda a mais e merda a menos – mas merda sem gosto.'

'Ser chunga é esquecer o que a terra nos dá e em exclusivo. É querer continuar a esquecer o quão bravo português já foi.'

Porque já não o é, pensa Serafim das Couves, tristemente e concordando com o psicopata.

'Sempre com medo, hoje em dia, mas... entre a revolução do cravo e o hoje em dia algo se passou - não me venham com tretas -, porque, ali, bem documentado, havia orgulho de se ser algo.'

De se ser livre, pensa das Couves.

'De finalmente poder-se ser português! dias de hoje, em vez? medo de se mostrar, um Portugal a querer fazer como os outros, vendido às multinacionais, à americana - "Somos pequeninos, Seu Marco", um Portugal de velhas glórias... velhas mas bem velhas, de tempos de conquistas.'

'E de reconquista - retomámos o que era nosso aos espanhóis, Seu Marco!'

'Aljubarrota, Guimarães, Conimbriga...' diz o *velho*.

'Atão e aos franceses? fomos campeões europeus!' diz a *velha*.

A coreografia – essa desenrolava, viva, na proa do barco e onde, Marco Dias, repórter, psicopata e *serial killer*, era, também, um magnífico ator - bailava e tudo; num qualquer coisa entre o vociferar *almariado* e o encantar.

'...Poucos sabem ou muitos esquecem mas, em tempos de Shakespeare e troca o passo, toda e qualquer corte na Europa exigia ter um médico português – porque eramos sinónimo de Vanguarda e expoente máximo da medicina!'

'Chunga esquece que a primeira livraria no planeta abriu - sim, Zé Chunga -, em Portugal, nesse nosso pequeno Portugal.'

'Quando Literatura era, até então, algo exclusivo para Reis, Lordes, mamões e Cardinais – esses inquisidores no mundo inteiro -, a Bertrand abriu ao público, em Portugal e para todos, tipo à Zé pioneiro, toma lá!'

'Chunga já não faz a mínima ideia do que sejam quarenta mil metros quadrados a enquadrarem o maior mosteiro da Península Ibérica, esse nosso Convento de Mafra, esqueceu!'

'Talvez o tenha visitado, talvez não, mas nem de perto nem de longe consegue lembrar tão pouco que aí *repousa* a mais antiga versão original em grego de Homero.'

'Ou do nosso original Lusíadas.'

'Esqueceu.'

'Ficará só para quem sabe e quem lhe dá o justo valor.'

'E, para quem sabe, para os anais da História fica aqui um pouco de Shakespeare:

# "Quero Uma Inglaterra Poderosa como a Espanha e Rica como Portugal!"'

'Mas e onde foi parar toda essa riqueza?' grita, então, Marco Dias ao vento. 'Esse orgulho de navegador descobridor, vista pelo mundo fora como nação de apostar o tudo ou nada, sem medos, de pioneiros com tomates para aventurarem-se, bem longe da costa, lá, bem fundo, em alto mar – Diabo, inventámos a porra do compasso marítimo!'

'Contemporaneamente e com muita tristeza, cresci com português orgulhoso de quase só ter orgulho de ter vergonha de se ser português – faço-me entender?'

'Derby português - vais apostar no resultado? não. Aposto em vez no número de caralhadas que saltam do banco e em cartões vermelhos – dois para cada lado, no mínimo, e sem contar treinadores -, é bem mais certinho.'

'Alvalade, golo!' grita então Dias pró ar, *chutando* uma bola no canto esquerdo, vindo da direita e em arco, imitando a rádio, de punho cerrado à frente dos lábios e a abafar a voz: 'Ah, saudades, *gooooooooooooo...*'

'... Finlandesa de gema,' interrompe-se, segundos mais tarde, abrindo um sorriso, até, 'Uma das minhas vítimas e outrora noiva, perguntava-me sempre, lá da cozinha - faca pronta a espetar cebola, "O que é que se passa, o homem da rádio engasgou?"

'Nada, amor, foi golo do Sporting...'

Ora, ao que tudo indicava, Marco dias, repórter criminal, psicopata, *serial killer*, magnífico ator que bailava e tudo... era também torcedor do seu amado Sporting, e isto quando, do telefone-esperto de Serafim das Couves, uma mensagem inesperada cantarolara.

Dum velho amigo seu em Itália e membro, como ele, do tal Grupo Internacional de Jornalistas Pela Verdade - Luigi Bosco de seu nome.

Estavam para se encontrar, brevemente, ainda que sem local de encontro designado - de quando em quando visitavam-se.

Com um olhar um tanto distraído, das Couves recupera, então, a linha do horizonte – Marco Dias, o maluco, sempre a saltar e a cantar, tudo muito surreal.

Sim... um final de tarde bem surreal, absorvia das Couves e quando, vindo dum desengano premeditado, o dito *serial killer* resolvera abandonar, a meio da viagem, tanto *ato* como embarcação - como que em ato de protesto ou motim, vindo-se jogar ao mar!

Este bravo, por sinal.

Saudades, por ventura, de nadar também?

A pequena multidão a bordo ainda em suspiro e desespero quando, da Itália, Luigi Bosco lhe ligara, desta vez - pertinente, hem?

Sem dúvida, com algo para lhe dizer.

# Capítulo 8

*Por vezes, agradecer* vem do mais puro ato, sentimento ou momento - pequeno que seja -, sem cobrar e de improviso, lembro-me de o pensar, naquele dia.

Por vezes, também, esses acabam, e de consequência, por nos definir, tanto trajetória como missão, propósito e moral - enfim, quem somos, no final -, imagine-se, por um momento, quem nunca tenha algo para agradecer, a nada nem ninguém.

... Lembro-me do perpétuo cheiro a cigarro pela casa; da gasolina, que me chegava às narinas como veneno, desabituada a tal - pura náusea, de imediato e para o resto dos meus dias; de bidão cheio e pesado de mais para transporta-lo numa mão – o pulso a doer-me. Mesmo arrastando-o com dois braços, fazia-o desajeitadamente...

Agora imaginemos o quão triste será a alma desse ser.

... No andar de cima, pelos três quartos, sobre as camas, no chão frio da casa-de-banho e escada abaixo - lembro-me do fio oleoso, às mijinhas, e que evitava pisar -, despejando gasolina por todo o lado; ainda hoje não consigo cheirar gasolina sem que me venha o vómito.

Volte-face, sem perder tempo, e esqueçamos alguém assim – não vale o esforço -, bem vindo seja, porque de vida e alegrias se fala hoje mas, para tal, há que se redefinir certas coisas.

Como amor e felicidade, ou o espremer dum momento, às vezes tão efémero quanto intemporal; e como explicar que, certos momentos se encravam na memória uma vida inteira?

Imagine-se o primeiro homem ou mulher a esgalhar a primeira guitarrada *a la Flamenco*, e para espanto dessa mesma plateia? Desses tipos de momentos gostaria eu de exaltar e recordar; como o contagiante sorriso vindo, sei lá, dum piropo do vizinho, que me conhece - porque me conhece -, e ao entrar em casa.

Somente dois degraus bastaria, para entrar em casa, num virar de chave distraído, mas, falhando circunstância, esse finaria como um sorriso jamais vindo cair no canto esquerdo da bolsa memorial do crânio.

Não naquele preciso momento, pelo menos, mas... de momentos vos falo; dum, em particular, que me marcou para o resto da vida, tinha eu onze anos.

Nem tetas tinha, ainda.

E momento esse em que, sem qualquer remorso, esquartelei o meu avô à machadada – com o mesmo machadinho que ele usava para rachar lenha nos invernos, e desde que me lembro.

Não sei ao certo, mas, pelo menos, desde os seis que me violava; ao ponto de pensar que era algo normal – ser-se criança é isso, algo que se tem de aprender -, mas o filha-da-puta roubara-me o que de mais precioso possa haver na vida de uma criança: sorrir.

E o direito de me tornar mulher pelos meus próprios passos... escada abaixo, da sala-de-estar à cozinha, passando pela segunda casa-de-banho - tornei-me mulher nesse dia, a jorrar gasolina por todo o lado.

Até ao alpendre, lá fora, e até à garagem. Nevava a sério e há meses.

A noite caía cedo. Até à pequena cabana onde se rachava madeira; até à última gota e sobre o porco que, de boca aberta e em dor aguda, se engasgava até à morte no próprio sangue.

E, nessa mesma boca nojenta, enfiei-lhe o bidão a dentro, lembro-me de lhe sussurrar, repetitivamente e em lágrimas, 'Sónia Hellqvist - o meu nome é Sónia Hellqvist, meu grande cabrão!'

Antes de atear fogo à casa, que vi arder e de longe, em Gällivare, no norte da Suécia.

Local esse que abandonei para sempre.

Enfiada numa esquina entre a Jonathan e a Vauxhall Street, mas mais enfiada num enredo sem fim, assim acumulava Hellqvist, de olhar perplexo e à janela.

De pálpebras pesadas, enquanto o browser abria no computador – e quase como que enraizada numa cadeira que mais rodava sobre si mesma. No interior duma pequena loja de acesso Internet, e não faltava muito para que batessem os sinos do meio-dia, na Torre do Relógio.

Uma manhã fresca, em tons de fim d'inverno ensolarado, em Londres; agradáveis, até, mas dum browser anónimo necessitava. E faltavam-lhe opções.

*Onde andam?*

Primeira pesquisa google, equacionara fazer: *Detetives Privados* em Londres.

Seguida duma pausa para reflexão – *nope* -, vives em Londres, miúda, refletiu, *não deixes traço*.

Refletindo, também, e da janela, Hellqvist reconhecera o seu próprio rabo-de-cavalo em pompom: liso, apanhado à japonesa e tingido de negro bem escuro, bem oposto do loiro natural, tão *apetecível* ao Barry Bellows.

Reconhecendo, também, o semblante perdido à janela enquanto esperava, vindo desviar o olhar. Vindo sondar o estabelecimento – o verdadeiro problema sendo que assim o fazia há já duas semanas, rodando pontos de acesso Internet por Londres inteira e ao acaso.

Isto quando, e nesse momento, entrara um *bloke,* a passo decidido e dirigindo-se ao balcão da loja.

Portava um rolo de documentos para fazer cópias – um curriculum, quase de certeza; dois jovens a dispararem feitiços mágicos num qualquer jogo online, e um homem nos seus trinta, de origem paquistanesa e ao balcão.

De tudo isto se apercebia Sónia Hellqvist, em tempo real e quando, dum suave *ping,* lhe soara o telefone:

Mensagem.

*"Call me."*

Finalmente, Harry!

Azeitonas *Nocellara, Socca Nut Mix,* seleção de pickles variados, *dips,* e mais um belo pão *Pitta* - tudo de uma vez e servido sem pressas, pedira Thomas Pickford. '*No hurries, no worries* - conto ficar para almoço.'

'Como deseje, Sir...' concordara a jovem empregada de mesas, recolhendo o menu e constatando que Pickford tinha, de facto, pedido todas as seleções de *couverts* disponíveis no menu.

Finalizando, 'Mesa para dois?' sorrira-lhe Maggie, ou assim o anunciava um *name-tag* alfinetado acima dum voluptuoso seio esquerdo.

'Sim, esta serve perfeitamente, deve estar a–ah, aqui está!' exclamara Pickford, retribuindo o sorriso e vindo, educadamente, levantar-se, como se fazia outrora, ao acolher-se uma senhora.

'Miss Hellqvist?' dissera Pickford mas em voz baixa, reconhecendo-lhe o rosto. Ao mesmo tempo, não querendo vir perturbar os demais fregueses no interior do Locanda - este apenas aberto e já quase de casa cheia -, mas mais não querendo, e no final, anunciar a sua cliente pelo nominativo profissional; tudo era um ato na sua profissão, e hoje - hoje jogava o papel do pai.

Dum tio ou amigo de longa data, mas, e para agrado de Pickford, apenas entrada, Sonia Hellqvist avizinhava-se como quem desconhecia o local.

*Petite* e verdadeiramente bela, notara ele e para um certo espanto, dado o estereótipo da sueca - tipicamente alta -, mas a Dra. Hellqvist ouvira o chamar, dirigindo-se na sua direção, após breve hesitação.

Pairava no ar um *mood* decididamente moderno e cosmopolita no Locanda; dum falso sóbrio e algo que Pickford detestava – nunca conseguira esconder o desassossego nesses tipos de locais *posh*. Daí o porquê de pedir tanta porção de entradas, pois Thomas Pickford era um *old-school*: sabia bem que lhe seriam servidas em porções minusculamente ridículas.

*Como se faz nos dias de hoje*, ocorria-lhe sempre de pensar, *cheirando* um restaurante ao entrar: de designs minimalistas e estudados; de linha aqui, linha ali, como se arte Bauhaus se comesse.

No caso do Locanda, eram contrastes entre madeira claro-fogo nas mesas, rodapés e uma série de divãs, alinhados, e de um couro escuro que pareciam feitos a condizer com a bela Dra. Hellqvist:

De camisolão em croché, corte sensual, longo, cinzento e como que por acaso, mas Hellqvist enfiava umas *leggings* de couro negro e justíssimas; calçando sapatilhas altas, brancas e bem *casual* – enfim, duma sensualidade requintada, a Doutora, dum madurar natural e sem necessidades de retoque.

*Nobre e rara*, tudo isso lhe atribuíra Pickford e num ápice, vendo Hellqvist pela primeira vez em pessoa: algo que se porta num andar – e no olhar, sem dúvida -, mas a Dra. Hellqvist era o verdadeiro sinónimo de efervescência vulcânica - simplesmente irresistível ao passar; dum cândido rosto em forma de coração que até doía ao olhar, simétrico e onde uma franja negra lhe caía sobre uns olhos capazes de atravessarem a alma.

Como se duma beleza analítica se tratasse, para quem o percebe, pois de duas lanças sensuais em cor de piscina se tratavam, naquele azul, introspetivamente nórdico.

Isto tudo observava Pickford, sabendo que, emancipada, à mulher sueca não se jogam olhares sedutores – é triste, feio e simplista de mais: *Look, but don't touch* - é normal ser-se belo ou não, nos países nórdicos.

Relembrando, do nada e também, tanto apetite como menu, que se autoproclamava mediterrâneo e outra das razões para a escolha do local.

Seguindo continuamente a sua cliente com o olhar, sem nunca o demonstrar e que se aproximava, hesitantemente, mas, reconhecendo, no final, que de um ponto de encontro desconhecido se tratava para ambos.

*Perfeito.*

Desconfiança e medo num mar de dúvidas a cada passo – palpitava-lhe o coração, de repente e sem controlo! -, ainda havia tempo para voltar atrás.

*För fan i helvete! – não!* Isto tem de acabar de uma vez por todas, pensava Sonia Hellqvist, ao sentar-se à mesa.

'Sr. Pickford?'

'Com efeito, um prazer.'

'Agradeço a sua disponibilidade – efetivamente, já não esperava-'

'De maneira alguma, Dra. Hellqvist,' interrompera Pickford, dum sorriso calmo e afável, 'Recordemo-nos que não é um favor, mas sim um serviço que lhe presto...' dissera, sentando-se, também ele, e uma vez Hellqvist acomodada.

'... Entretanto, e de entretantos falaremos, certamente, mas... tomei a liberdade de pedir algo para se saborear, enquanto discutimos – espero que não leve a mal a ousadia?' escusara-se Pickford.

Hellqvist não sabia o que dizer - não tinha vindo para comer.

E sentia-se de estômago fechado.

'Admito que, para já, desconheça tanto hábitos como apetites...' continuara o, até agora, intrigante Sr. Pickford. 'Por isso, resolvi pedir entradas para todos os gostos, digamos - o que bebe, Dra. Hellqvist?'

Reticente, Hellqvist jogara um olhar de traços inconscientes ao bar e às suas prateleiras - estas recheadas de licores e tintos, reconhecera, à distância de somente três, quatro metros do bar.

Parecera-lhe, também, que o restaurante dava para um piso superior, quando, ao identificar uma espiral de escadas no fundo, se lembrara de alguém, algures, que lhe tinha mencionado da existência deste mesmo local, ou coisa parecida, meses antes.

E Hellqvist e Pickford sentavam num canto reservado e à janela do Locanda, este enfiado quase num beco do sempre vibrante Borough Market.

Como quem dá para a Tower Bridge, caminhando pela Catedral de Southwark, na margem sul do Thames. Com parapeito interior e um vaso de flores a decorar, de luzires laranja-vivo, aqui e ali, eram botões-de-ouro a contrastarem num manto sóbrio, negro e clássico – eram estes os detalhes que Hellqvist reparava e sempre, ao entrar num local.

E o Locanda respirava um ar *fancy* - dava bem, tanto com gravata como cetim, ou assim o confirmava a freguesia.

'Que tal um Chablis - quando é bom, nunca falha?' propôs Pickford, entretanto, e quando Hellqvist se lhe redirecionava o olhar; analisando-o, inconscientemente, costume e prática de qualquer Psiquiatra.

Enquanto se desembaraçava dum cachecol de lã, branco e que lhe desvendava o pescoço, fino e delicado – mas os trinta e sete que portava, portava-os bem, sabia-o Hellqvist.

Isto ao sentir um breve e intrínseco bater de pálpebras por parte de Pickford, que a analisava, por seu lado.

*Talvez as leggings fossem de mais para a ocasião?*

Talvez desse um ar de quem se imagina mais jovem do que se é, mas assim o era hoje, Hellqvist.

E, de resto, não contava encontrarem-se, mas, esperado há já duas semanas e à sua frente, sentava-se, finalmente, Thomas Pickford – um barba e pelo grisalho, atraente de dois dias, e que dava ares duns galantes cinquenta e troca-o-passo.

De poupa curta, aparada e olho azul-claro, num quê d'ossudo e longo de cara - cana de nariz fina e prolongada -, mas de um bronzeado invejável e barriguinha bem tratada, o detetive tinha-lhe sido indicado por parte de Harry Noll, bom amigo e ex-colega de profissão.

Da mais respeitada reputação, pesquisara Noll, com sede em França, mas de rede intercontinental. E Harry era quase como um irmão - rara distinção pessoal e alguém, da qual, Hellqvist confiava cegamente.

Um chapéu *flat cap* em padrão Tweed e sobre a mesa - que lhe daria um ar bem simpático e *vintage*, imaginava agora Hellqvist - o, talvez em extinção, clássico Inglês.

De aparência agradável, mas sorrir perspicaz, e uma vez lidas-lhe as linhas do rosto em menos de um minuto.

Algo que Pickford se apercebera.

'Agrada-me o facto de que me esteja a *ler,* Dra. Hellqvist.' dissera o Detetive Privado.

Tanto colete como calças a condizer, com brio, de tweed e uma camisa preta de alta qualidade, mas Thomas Pickford possuía, igualmente, duas mãos extremamente elegantes, notara Hellqvist.

Sem conseguir esconder o fetiche, este amadurado uma vida inteira.

# Capítulo 9

# UM PAR DE MAMAS DEPOIS

. . . .

*Bem esculpidas*, as suas, nem pequenas nem grandes, mas bem arrebitadas e enquanto se *molhava* docemente.

De pálpebras que fechavam de prazer, ao esfregar e ao toque. Saída pouco tempo faz dum longo banho quente, os cabelos finos e escuros a caírem-lhe molhados sobre os ombros; *esparrachada* no divã da sala-de-estar, e vestindo não mais do que um robe... calçando um par de meias de lã, uma mão a tocar-se, outra a acariciar um seio ferverosamente.

Noite tardia, à lareira.

Em casa, um duplex T2 extra cómodo e com carácter, para quem o pode pagar, em Richmond-upon-Thames; sudoeste de Londres, zona calma, rica e único bairro a tocar ambas as margens do Thames.

Ela a rondar duas margens vaginais, em vez.

Das últimas lareiras a acenderem-se, pensava Hellqvist e agora, masturbando-se ao som dum crepitar de chamas. Numa noite primaveral, fresca por sinal, mas um mês ou coisa passara, talvez dois.

A meio dum Chablis a paladares de limoeiro, e donde, na verdade e na mente, Hellqvist imaginava os diferentes tipos de toque de Marco e Barry - os dois o mesmo e tão diferentes, no entanto: com Bellows, a mulher vinha-lhe ao de cima, tudo o que o coração lhe falava na alma e sempre.

Com Marco, em vez, nunca percebera, nem encaixe nem atração – mas algo se acendera de imediato, e desde que se lhe lançaram aquele primeiro olhar, quinze anos antes; em diagonal, naïve e na direção um do outro.

Ou fora o Bellows quem conhecera primeiro? - a diferença de tamanhos abismal, ele enorme, ela pequena.

Nunca o conseguira explicar.

Nem hoje, nem ontem.

Intermitente, também, e como que a batalhar na mente, saltavam-lhe imagens ou memórias de uma orgia, uma semana antes, enquanto já se esborrava de prazer no divã e em pequenos arcos sobre um parquet tinto-escuro.

À luz baixa dum candeeiro de mesa e lareira ardente.

Privada e muito seletiva para lá se chegar, naquela última orgia, porém, Sonia Hellqvist optara pelo cubículo vermelho, donde *mangalhos* anónimos aparecem aos poucos – o percutir selvagem pertencendo na totalidade a quem os recebe:

Hellqvist, neste caso, batendo e aterrando na parede fria do cubículo caralho a dentro, esgalhando, um atrás doutro - estes a saltarem nobres que nem lança hirta dum buraco, à esquerda.

À direita.

A chupar piças anónimas.

Para esquecer.

Em tons de vingança.

*Onde andam?*

*Ping-ping,* mensagem no telefone: Thomas Pickford.

*Certamente com progressos na investigação,* absorvia Hellqvist, de imediato vindo beber do Chablis.

Olhando diretamente a lenha a arder e atentadamente.

Refletindo, com um sabor seco, ríspido e de notas a limão a pairarem-lhe nos lábios.

· · · ·

· · · ·

'De facto, esta é uma daquelas que vai meter tempo, Dra. Hellqvist...' analisava Pickford, mãos atrás das costas.

Manhã seguinte, os dois, bem cedo e vagueando quase ao acaso; não longe da margem norte do Thames, mas, por um momento, Hellqvist perdera a noção de onde andavam ao certo - qualquer coisa entre o Old Bailey e o Law Courts, esse neogótico e gigantesco Tribunal de Justiça -, pois Hellqvist teria de testemunhar num caso de homicídio, mais tarde, como perita em Psiquiatria Forense.

'O curioso disto tudo é que, para se chegar a algum lado numa investigação,' continuava Pickford, já há algum tempo, 'ocorre de se enveredar por caminhos que, à partida, parecem totalmente desenquadrados da investigação inicial - chance e acaso contam bastante, sabe?'

E o detetive vestia totalmente diferente desde a última vez que se tinham encontrado: simples, hoje – umas Jack & Jones de ganga azul, pullover cinzento sobre camisa branca, casaca longa e castanha, como os sapatos, meio finos, nem tanto ao mar nem tanto à terra.

De barba igual, de dois dias ou coisa parecida, o grisalho adicionando-lhe caráter à longueza da cana-de-nariz - *very casual, very* literário, mas, e à parte disso, até davam ares de pai e filha.

'De realçar também o facto de que, não tendo qualquer poder jurídico, a minha Agência funcione...' sussurrava agora Pickford, 'por vezes à margem da lei, e daí o alto preço que a Dra. acordou em pagar.'

E levantara-se um vento fresco em Londres um quarto-de-hora antes - aconchegavam-se cachecóis -, quando Hellqvist avistara um sinal de estrada: Holborn Circus - West End à esquerda, Barbican à direita.

'Para todos os efeitos, a Dra. apenas contratou os nossos serviços – nós corremos riscos de coima e prisão.'

Caminhando e guiando Pickford lentamente em direção do Holborn Viaduct, Hellqvist apercebera-se que o fazia com a única intenção de se afastar dessas altas sombras nas ruas.

Em ângulo frio e claro-escuro, escondendo um sol tímido por de trás d'altos edifícios burocráticos, metálico-feios e duma azáfama de escritório que detestava.

Hellqvist tentava fugir desse tipo de ruas, sempre que pudesse. Mais fascinada, em vez, com qualquer tipo de calçada velha ou rua estreita, quase sempre dando por si a imaginar uma Londinium de outrora.

'Assim como que, como simples e exclusivos investigadores à paisana, nenhum dos meus agentes esteja autorizado a portar armas – não vai aparecer aqui um helicóptero daqui a nada por de trás do Gherkin, transportar-me ao som de vento e d'hélice - isto não é um James Bond.' dissera Pickford, parando o passo, seriamente.

Acendendo uma cigarrilha do bolso interior da casaca, e oferecendo, Hellqvist e Pickford continuaram, perfumando as ruas de Londres pela manhã fria.

'De Amsterdão e da investigação oficial - só aí, foram duas semanas para convencer e pagar alto a um jornalista para abrir o jogo... de facto, tive que puxar uns quantos cordelinhos.'

'Obviamente que...' continuava agora em detalhe o detetive, 'infiltrar uma investigação de homicídio... quando nem mesmo você me sabe garantir ao certo se o Marco ou Bellows estejam envolvidos... talvez tudo não passe de uma invenção do-'

'Não, o Bellows matou de novo – tenho a certeza!' Bafejara Hellqvist.

Seguindo-se uma longa pausa, 'Passar despercebido numa investigação de homicídio torna-se difícil, sabe, Dra.? O único dado que possuo é o nome duma possível vítima - Amanda, e segundo informações suas, mas... homicídio é coisa séria em qualquer lado do mundo, levanta suspeitas.

'E aposto que o objetivo seja de encontrar o seu Ex e não... condená-lo, certo, Dra. Hellqvist?' concluira Pickford, sem resposta sua imediata - não mais que um olhar desviado e perdido, num qualquer coisa como *certo*, *certo* ou talvez.

'Isto para lhe dizer que, de momento, estagnou. Tenho vários agentes no terreno, tanto em Amsterdão como no Algarve, em Portugal, mas também em Newcastle, onde o Marco vive, só que... infelizmente, mais não tenho, por agora, senão dúvidas.'

'Lisboa.' Dissera Hellqvist, quase sem o saber porquê e parando. 'Tente Lisboa, Pickford. O Marco é algarvio... mas o Bellows é mais Lisboa.'

Depois de uma longa baforada perfumada, 'O.K.' dissera o detetive. 'Consigo repartir dois agentes no Algarve, mais dois em Lisboa - mas insistirei em Amsterdão e Newcastle, ao mesmo tempo, nunca se sabe.'

. . . .

. . . .

. . . .

Acomodado no assento de trás da *Bandit 600* negra, a uns cem quilómetros à hora e em contramão, Barry Bellows tentava acalmar Claude, condutor e o amigo que resolvera pôr fim, tanto à sua como à vida da mulher, que o encornava há meses.

Agarrado com unhas e dentes, se o pudesse, à barriga do endiabrado Claude, Barry Bellows sentia que, se o largasse por um milésimo de segundo, voaria, sem dúvida, às cambalhotas e para um possível final bem drástico.

Isto enquanto, estrada após estrada, a fundo e a puxar do motor ao máximo, Claude serpenteava, entre a vida e a morte, os dois penteando buzinão atrás de buzinão.

'Abranda – pára na praia!' gritava-lhe Bellows, mas com calma.

Com o tipo de calma de quem não sabe ao certo se o deveria fazer; e sem saber se Claude o ouvia tão pouco, tal não era a velocidade, mas, de cada vez que tentava desviar a cabeça, para ver em frente dum milímetro que fosse, a sensação era que esta lhe saltaria do pescoço, vertiginosamente.

Metera, efetivamente, algum tempo para que Claude se acalmasse e finalmente.

Saindo de Lagos, no Sul de Portugal, os dois rodaram calmamente, ao longo do mar e até Sagres – um milagre não terem sido apanhados pela bófia, mas, chegando ao famoso miradouro mais a sudoeste da Europa, Bellows e Claude encontraram-se a contemplar o Atlântico, esse gigante manto azul que hoje batia estrondosamente na altíssima falésia de Sagres.

Não sendo grande adepto nem de drogas nem de alturas, Barry Bellows provava de se inteirar do vento – este irrequieto e bravo; de porro na mão e sem direção, parecia, até que se decidira: era um vento do sul, o que o fez virar-se de costas, para norte, aconchegando a ganza para que esta não esvoaçasse ao vento.

Bellows sempre admirara a força do mar e da natureza - único mestre da vida, ao seu ver -, onde o mero humano não passa disso mesmo: um mero humano, sem outro propósito na vida que o de interpretar essa mesma natureza onde habita; ato que, evidentemente, fora reinterpretado como vender o que quer que seja a todo o custo.

Bellows contemplava.

No total, três ganzas *king-size* , uma maior que a outra, e isto para acalmar o bicho. Tudo premeditado, mas cerca de uma hora passara, no farol de Sagres; o meio-dia passara-lhes ao sabor de haxixe e Atlântico salgado, que assobiava furna acima e valente.

E mais calmo se encontrava Claude, por essa altura e efetivamente, onde Bellows servira de apoio: escutava-o, sem muito dizer, com cuidado ao escolher palavras, bafo atrás de bafo.

Caminhavam ao longo da falésia e no limite, por vezes – ninguém à vista, todo esse tempo -, recordando quando, outrora jovens e completamente em ácido, haviam passado uma tarde inteira encostados às paredes dessa mesma falésia, alguns metros abaixo - e só para quem conhece o *tal* caminho...

Para quem se aventura aos Deuses dos céus e dos mares, mas sem alma nem fantasma num raio de quilómetros, constatava Bellows, à volta do miradouro.

*Talvez no farol?*

Ouvindo o amigo.

Dando-lhe conselhos de paz e lógica, acalmando-o, mas visualizando na memória – e não obstante -, a recente viagem de Lagos até Sagres.

Do perigo de morte que tinha sido submetido, e do fervor à veia de Claude, o homem, o ser – e o futuro duplo-assassinato de, tanto mulher como cabrão, sem dúvida, uma vez passado o efeito da ganza, mas... ali, com o oceano à frente dos dois, e ao escutar mais um lamentar do amigo, Barry Bellows decidira:

Alto e forte, em comparação com Claude, baixo e franzino - pelo colarinho o pegara, olhando Claude diretamente nos olhos.

E, como num adeus sem fim, ou um até já, Claude voara, falésia abaixo - sem tempo para grandes pânicos –, desta é que não esperava, contava-se-lhe no olhar. Visto de longe e em câmara lenta, teria sido uma bela queda, juraria Bellows.

Chance ou acaso, mas a caminho se metera, Bellows e em seguida, como se nada fosse e sem pensar muito. Não antes de empurrar a *Bandit* na direção do seu mestre.

*Morrerão ao lado um do outro.*

# Um Dia Morres

*Hipoteticamente, cais num limbo sem fim. O cair do pano. Uma vida a pedir perdão mas, e uma vez chegadas às portas da eterna viagem e nem São Pedro nem Adamastor mas sim Camus, um outro à veia de filósofo.*

*Olha-te e percebe o que tu gostarias de perceber, 'Sim, é isto, nada - nem paraíso nem inferno.' E busca, apercebendo-se que nada percebes, fastidiosamente e de maneira repetida vezes sem conta, uma pequena placa em cartão duro por de trás das costas. Texto redigido em letras grossas:*

• • • •

**A VIDA É A SOMA DE TODAS AS TUAS ESCOLHAS**

# Capítulo 10

# HÁ JÁ ALGUM TEMPO ATRÁS

• • • •

*'Acorda, filho d'um corno!'* Ouves, de sobressalto e voltando atrás no tempo!

Antes de acordares.

De morreres.

'Até consegues fingir um sorriso mas os olhos já não te seguem, não é, Marco - trancados numa memória?'

*Foda-se!* E o merdas do guarda a mastigar-te atrás das orelhas também não ajuda nada.

Inverno.

A meio da noite.

Uma noite bem merdosa em Newcastle, devo acrescentar, mas podia ser em qualquer outro lugar que seria igual.

A data assinala quase vinte anos desde o início deste milénio – mas de maneira alguma assim tão futurista como se possa pensar, muito pelo contrário. Na era onde já ninguém fala por si. Em vez, fala-se por entrelinhas, plágio e citação.

Numa era onde a essência reside em cada um a tentar salvar-se - o ego, lá está, porque quanto ao corpo já não há salvação possível.

Escondidos, por detrás de uma qualquer citação de um qualquer sábio que não o seu, filósofo ou artista – ou dum tal Jesus, perdido num alto sermão do monte em discurso de tons Budistas - ou melhor ainda, dum Bob Dylan.

Como quem antecipa o julgamento final mas bem egocêntrico, se me permitem dizer-vos, cada um por si só e siga-pa-bingo!

'O que mais te pode correr mal?' Diz-te Billy, o guarda. 'Nunca o apanhaste, não foi, Marco?'

Palavras que ecoam frias na geada da noite.

E certas pessoas têm um dom, não é...? O velho Billy *Gumshoes* - bófia à antiga, da velha guarda. Daqueles que passou os anos sessenta a perseguir sangue mafioso em solo britânico como nenhum outro, literalmente a pé.

Daí a alcunha dum homem que achatou pastilha elástica em pedra de calçada desde Tyne Bridge até Berwick Wall ao ritmo de assassinato e gin.

E o gin ganhou-lhe.

Mas talvez este seja o momento indicado para voltar um pouco atrás na estória, não? Dar-vos um pouco de perspetiva e contexto.

E talvez te deva dizer porque raio me encontro à procura de um cadáver, aqui, tão perto do rio Tyne.

Numa noite tão fria como esta.

Tudo isso enquanto tento descortinar qual das memórias o Billy me está a falar.

Ou o Camus.

Porque cheiram todas a podre.

• • • •

# O ACORDAR DA BESTA,

# NUMA SALA DE CONCERTOS,

# AMSTERDÁO

· · · ·

*Três tipos e uma miúda* bem gira a atirarem notas para o palco como se as próprias vidas delas dependessem, absorve Bellows, com uma genuína excitação a inundar-lhe os olhos. Ou o que resta dela.

Nem alegres nem tristes mas sim notas que lhe geram imagens, cinematográficas, até, transmitidas sobre ondas musicais – quase as podia *ver:* a Nona do Beethoven reencarnada naquele palco e a pingar de suor mas vinda dum saxofone! Numa lenta e intensa acumulação de cenas ou capítulos... estórias seguindo o seu fluxo natural até se esborrarem num clímax frenético.

Tal como dia-a-dia dele.

Em qualquer dia – o rótulo na garrafa a tornar-se incompreensível, mas Barry Bellows tem a certeza de que começava com algo como *Craig... Crai... Craige-llach... ach - foda-se!*

Bem como a vida.

És o que fazes. E é melhor seres bem bom no que fazes porque isto é cem-cães-para-um-osso em cada esquina.

E porque razão o jazz sempre o aliviara, Bellows não o sabe, mas a verdade é que esse mesmo Jazz o levara constantemente a procurar abrigo em todo e qualquer beco escuro nos últimos vinte anos.

Como o artista, revisitando a sua obra de arte vezes sem conta, atirando-lhe coração e alma até que não haja fôlego. Como o assassino que estrangula com as próprias mãos. Como a sua vítima - porque é a dele -, a tentar fugir, já sem fôlego.

Tal como ele, a mergulhar nos lugares mais escuros da mente onde se encontram psicopata e assassino.

Da dele.

*Cale-se!* Ordena Bellows a si mesmo, *tu és a terapia!*

'Avant-garde...' Uma voz feminina e suave então diz-lhe, vinda da multidão - interrompendo-lhe o divagar nesse mesmo preciso momento.

Alegremente balançando-se num banco junto ao bar, bem próximo dele. Uma luz de ambiente vermelho-escuro a brilhar-lhe por todo o lado e sobre os seus cabelos dourados, 'Desculpe?' arrota Bellows em tom de pergunta.

'Chamam-lhe Jazz Avant-Garde, hoje em dia...' Diz ela em inglês, um pouco mais alto agora, superando a banda e com um toque de sotaque nórdico.

Que lhe sorriu amplamente.

Alta como ele, de cabelos compridos, encaracolados, loira e bela – formas voluptuosas entre coxas e seios -, o que a trouxera até aquele lugar bem escuro no meio da noite ele poderá nunca o saber, mas um sorriso convidativo e vestido de vermelho bem justinho poderá fazer maravilhas, pensou Bellows.

Se ao menos ela pudesse ser um pouco compreensiva...

• • • •

*E fornicámos tanto que até meteu dó ao Diabo!*

*Seios a esfregarem-se por entre dentes e sobre os lábios... roçando-me o nariz... eu a meter-lhe a piça bem dentro da boca, molhada e à volta, 'Morde-as! Morde-me as tetas com força!' Dizia ela em inglês... naquele inglês nórdico e ríspido que me deixava bem teso.*

*Sussurrando intensamente.*

*Com as minhas duas mãos bem fortes a agarrarem aquele monumento de mulher cada vez mais e dentro dela, que dançava sem parar... dançava, dançava, a dançar, numa dança-de-ventre tão excitante... tão nobre e suave e a cada salto sobre a verga.*

*Tudo isso enquanto ela gemia num prazer infinito.*

*Um gemer celestialmente enviado dos céus.*

*Até que a morte nos rebente.*

• • • •

E rebentada a deixaste.

Amordaçada, marcada e despedaçada, a foto saíra perfeita no seu telefone esperto e a pedido dela.

Que em breve acabará de certeza no Instagram.

*Perfeito.*

'Precisava mesmo disto...' Sussurra-te ela, cheia de alegria e recolhendo fôlego depois de se lhe tirada a mordaça.

Braços erguidos atrás de uma cama *feita* de caracóis dourados, pés e mãos amarrados por dois cintos-de-robe à volta dos pulsos e tornozelos, 'Chamo-me Amanda, a propósito...' diz-te, esticando-se na cama - mais sexy não podia; de respiração ainda a alta rotação, a sobressaltos e de tal excitação que o respirar ainda vinha fresco – pós-foda, pairando em torno do teu rosto.

*Não, não és.*

Aquela pele Nórdica de um rosa pálido, o magnífico e doce perfume que emana daquele convidativo *V*, aparado com brio em torno e por cima da vagina mais doce que alguma vez tenhas bebido - tão diferente da mediterrânea -, 'Barry', dizes-lhe, em Inglês, sem sotaque, quase perfeito e tocando-lhe levemente no rosto.

Como um lápis, esboças, percorrendo ao longo duma bochecha sua o dito *cheek-bone* com a ponta do indicador. Sobre aquele típico osso que sobressai da fêmea escandinava por debaixo duma piscina de olhos azuis.

*Em breve serás algo diferente.*

Enquanto ela, Amanda treme... treme de uma sede quente, sente Bellows, percorrendo o dedo suavemente até ao pescoço e deslizando... em torno dos seios, grandes e leitosos, um por um.

Pressionando-os suavemente.

Depois com um pouco mais de ênfase e pressão, até que os mamilos de Amanda endurecem num regozijar, aquela briza fresca do respirar dela sobre ele - não há necessidades para metáforas aqui, um mamilo duro é exatamente o que é.

Contorcendo-se que nem louca na cama naquele enigma amarrado em gemidos de prazer, 'Enfia-me os dedos...' implorara-te Amanda, 'Enfie-os bem dentro, Sr. Barry!'

*Tal como o fizeste.*

E o respirar dela vindo ainda mais fresco, como adoras beijar um lábio fresco e molhado.

Todo este tempo e ainda não conseguiste decidir se a matarás, ali e agora.

'Enfia-os bem fundo!'

E assim o fazes, beijando os seus lábios molhados e apaixonadamente, ambos extraordinários beijadores - alguns têm-no outros não - mas Amanda é mestra.

Finalmente desafiando-a para um último orgasmo final, num último esguicho a prazeres múltiplos e em forma de arco - tal não é o seu espirrar tuas nas mãos, e sentes...

Sentes as garras da Amanda a afincar-te nas costas; num arranhar forte e profundo enquanto ela, ela larga um gemido final e longo de prazer enquanto tu - tu largas um grito alto e incontrolável em simultâneo, tipo espasmo elétrico.

Seguido por um rosnar arrepiante e com uma mão tua atirada aquele pescoço fino e longo, abaixo da mandíbula e como espécie de bónus perverso, agarras-lhe, forte mas não tanto.

Perto.

Perto do estrangular.

Do limiar.

A brincar com o Diabo dentro de ti.

Que agora te atrai para que ataques, mais uma vez.

Como e porquê o Diabo nunca te dirá mas, por esta altura, sabes bem que já não há volta a dar.

· · · ·

E foi assim que me encontrei, há cerca de um ano, inocentemente a desenhar o cadáver da bela Amanda num dos meus blocos de desenho. A sombrear curvas mortas antes de um nascer-do-sol Holandês.

E como passei os últimos vinte anos a fugir de tudo isto é o que preciso de te dizer, aqui e agora, tão tarde, junto ao Rio Tyne.

Com um guarda a mastigar-me os nervos, de olhos bem bêbados e a implorar-me para o matar - à sua maneira bem sórdida, lá está, mas é tudo o que ele deseja na realidade, o Billy implora-me por misericórdia final.

Que, neste caso, significa que quer que seja eu a o matar.

Cansou.

Fartou. O *Gumshoes* quer que seja assim.

Como se eu me tivesse bem a cagar.

Mas, para isto, tudo isto, terás de perceber o que me aconteceu realmente naquela noite, há mais ou menos um ano atrás.

Antes da viagem final.

# Capítulo 11
## A DIVINA VIAGEM

. . . .

*Da rádio Holandesa*, noturna e sem qualquer tons graves ou subwoofer, oiço apenas uns ecos agudos de uma qualquer canção de amor ingrata, lembrando-me do quão pouco me conseguia lembrar efetivamente naquele exato momento.

Ou como tinha acabado no apartamento desta mulher, algures nos subúrbios de Amesterdão.

*E como caralho vim parar em Amesterdão?!*

Mas o pequeno quarto de Amanda parecia ornamentar num estilo boémio, local onde eu aparentemente a esgotara até ao último rasgo de orgasmo possível.

Lençóis tingidos de padrões hippie, pendurados numa porta dum armário - estatuetas por todo o lado, de pé, partidas ou apoiadas onde quer que fosse, de cabeça para baixo e espalhadas por todo o lado - *foda-se, será que tudo isso o fizemos nós?*

Mas, em contraste total, o quarto era exatamente o oposto do que o resto do apartamento oferecia, pisando-o agora nu e em redor, num amanhecer escuro e invernal em Amsterdão.

Limpo e arrumado, uma luz suave mas quente e alaranjada espalhava pela sala de estar, permitindo ver uma compilação de fotos, na sua maioria compostas de linhas urbanas e expostas sobre uma parede bege, com pequenas prateleiras de madeira aqui e ali.

Uma kitchenette em forma de L com vista panorâmica para um bosque adjacente, a Amanda tomava conta do seu apartamento, via-se, dava-lhe um ar espaçoso, até, e sem sinais de despejo masculino, o que nós homens chamamos de organização.

E ali, ao admirar o contraste do amanhecer, de repente, tudo me voltou mas em flashes!

Isso tudo quando reparei.

No rasto dos meus próprios passos, deixados para trás num chão branco, fresco e imaculado, feito de linóleo.

Passos esses de uma cor vermelho-escuro e coagulada, tão idêntica à do sangue.


• • • •


'E o que fazes na vida, se posso perguntar?' jogara Amanda, levantando-se na cama, nua mas de joelhos cobertos dentro do edredão, enrolado ao nível da cintura.

Entre o concerto de jazz bem marado e aquele puro momento de glória animal entre ambos, algum tempo tinha passado, pensou Bellows, sem saber quanto ao fim ao cabo.

Mas aquele doce suor a olear-lhe a pele, tudo nesta mulher era carnal! da forma como ela posava, daquela postura vertical, treinada e a impulsionar os seios mais belos, mais perfeitamente moldados que ele alguma vez tenha visto.

Seios que falam... não propriamente gigantescos, apenas bem firmes e feitos para caber perfeitamente em cada palma duma mão, tudo isso o levava.

Levavam-no para algures, uma e outra vez.

'Sou… sou repórter, num jornal local, em Newcastle. Repórter criminal…' Soou Barry Bellows, enquanto ela se esticava na cama naquele momento, achegando-se a um xaile de seda azul-escuro ali perdido.

Cobrindo os ombros com o xaile que lhe voou sobre os mamilos ainda ardentes, pendurados também mas do teto dançavam duas cortinas de cetim cor-de-íris e que desenrolavam ao longo da parede atrás da cama onde os dois se tinham *comido* durante horas.

Embrulhando em cada mesa-de-cabeceira, as duas cortinas arqueavam, deslumbrando por de trás um papel de parede verde-pálido com um espelho emoldurado bem no centro – bem estilo *Art Deco* e donde, através dele, os dois se viram a foder que nem animais selvagens durante horas.

Algo de bestial e no verdadeiro sentido da palavra, de bestas *almariadas* - certas pessoas não gostam de se ver a foder, a Amanda e o Barry em vez sim.

Quanto ao agora, Barry admirava, com verdadeiro esplendor, as curvas traseiras da Amanda, emolduradas perfeitamente e imóveis no reflexo desse mesmo espelho; o delinear perfeito duma linha de coluna vertebral, pronunciada num movimento subtil e que culminava apenas na fenda do rabo, aquele olho de cú em tons rosa e bem convidativo.

'Vejo que deteta, seu Bellows?' Disse Amanda, então, e com um movimento bem traquina naquele lábio grosso superior.

'De facto.' disse ele, instantaneamente e de forma intrigante - *muito marota, mesmo, muito marota de verdade.*

'Repórter criminal, hem - deve ser interessante?'

'Dolorosamente, sim.'

'O teu sotaque, não consigo-'

'Apenas inglês, simplesmente - sem sotaques.'

'Ah...' murmurou de novo Amanda, desvendando-se então do edredão. Começando a andar nua até o pequeno banco onde Bellows se encontrava sentado, bem à frente dela e apenas a um passo da única janela no quarto.

Fazia-se tarde na noite e a lua cantava alto no seu esplendor e por toda a cidade, brilhando agora através da janela e sobre o corpo alto e esbelto de Amanda - uma autoestrada de pernas longas num corpo em forma de ampulheta.

Ligeiramente encostando-se nas pontas dos pés e sobre ele, Amanda levantou uma perna, sensualmente elevando a região pélvica a sobrevoar-lhe os olhos, ali mesmo, de cona bem escancarada à frente das suas pupilas que engordavam de prazer.

Gentilmente, então, Amanda começou a esfregar-se no peito de Bellows, no seu rosto, para cima e para baixo e até aos lábios – ele incapaz de a resistir, lambendo-lhe com um cuidado divino.

Envolvendo uma mão em torno, mas deslizando as duas suavemente por ali fora.

E, das suas duas mãos, dez dedos bem esticados agarram o rabo firme de Amanda, onde um polegar entrou-lhe a dentro, quase involuntariamente e de tão molhada que ela estava.

Gemendo suavemente e de prazer, Amanda arqueou-se, avizinhando-se a uma mesa próxima e quando o polegar de Bellows acidentalmente lhe saltara para fora.

Alcançando um charro de marijuana bem gorducho de dentro duma velha caixa de tabaco, Amanda ofereceu-lhe as honras, ao mesmo tempo que remetia o polegar de Bellows a dentro e como que em protesto – pegando-lhe violentamente pelos cabelos que vieram pousar abaixo dos seus seios duros.

Achatando-lhe o nariz entre e à volta das mamas, percorrendo essa tua barba que lhe arranhava em arrepios de prazer, tão colada agora a pensamentos celestiais - tão quente, húmida e quase a vir em breve.

*Paraíso!*

A música na rádio dum lounge eletrónico e sensual, bênção!

O xaile fino a tocar-lhe nas orelhas e sobre aquela barba irregular que teimava em fazer. À volta daqueles cabelos castanhos e encaracolados a pedir um corte há já algum tempo e sobre a ponta dum nariz fofo e giro que sabia que o tinha - Barry Bellows sabia que a maioria das mulheres o viam como um pedaço de homem.

E como ele adora aquela luz fraca à volta do quarto e agora, contrastando entre calor de vela e azuis de luar a sombrear as mamas saltitantes da Amanda - enquanto esta, Amanda continuava a esfregar-se cada vez mais e nele.

Declinando a ganza, 'A vossa erva aqui em Amsterdão é bem forte,' disse Bellows, 'Mas obrigado na mesma.'

Imprimido numa caixa de fósforos perdida algures na mesa, um logo – provavelmente dum qualquer hotel que ela conhecesse de trás para a frente, pensou Bellows, enquanto Amanda se lhe arrancava um fósforo; pegando em seguida num porta-velas em forma de Gandalf e onde uma vela grossa derretia a metade.

Por esta altura, o polegar de Bellows já se tinha transformado em três dedos, grandes e presos no mais sagrado dos sagrados, à volta e em redor - ele ali sentado, duro e teso como pedra naquele pequeno banco.

Lábios vaginais lambidos com intervalos de gemidos prolongados e molhados - ela a acender a ganza com um bafo bem profundo, uma e duas vezes –, um fumo espesso e azul invadiu o quarto em linhas de luz bem à deriva, retratando uma cena onde Amanda, alta, gloriosa e livre, regozijava-se de orgasmos infernais – oh, doce botão de rosa!

Esfregando-se nos lábios de Bellows que a sugavam, a tão doce ela sabe, enquanto ela fumava.

Tão doce...

Uma longa e bastante apreciada ganza depois, Amanda decidiu finalmente montar a verga bem grossa de Barry Bellows, sentado naquele banco ao luar e meu Deus como uivaram!

# Capítulo 12

# LONDRES - DUAS SEMANAS DEPOIS

. . . .

*'E lembras-te* de mais alguma coisa, Marco?' disse a voz doce da Doutora Hellqvist no silêncio da sua sala de consulta; revestia de papel-parede castanho-escuro.

Devia ter-me entregado naquele momento – devia ter entrado naquela esquadra, lá em baixo, na rua.

'Marco?'

Para um silêncio ainda mais ensurdecedor.

E vir aqui à Avenida Victória percorrer aquela passagem estreita traz-me sempre tudo de volta, não é? Em vez de o afastar - mas quem é que no seu perfeito juízo atrai um psicopata para uma passagem bem estreita para terapias?

Ensanduichadas entre uma esquadra de polícia e um restaurante Wasabi ao lado da Estação de Comboios na Liverpool Street, estas belas e quase perfeitas salas de aluguer sabem a sintético; vomitadas sobre uma pitada de limão, assim cheiram e assim decorrem as sessões, uma vez lá dentro; hipnoterapia, psicoterapia e eu sem nunca saber quem realmente é o paciente.

Mas, e de qualquer forma - aqui, de volta à sala da Sónia e mais uma vez.

Sónia Hellqvist, isto é.

Ex.

. . . .

'O que vês, agora – continuaste a fazer sexo, Marco?'

Mais silêncio.

Uma vez acumulados, estes longos momentos de espera podem transformar-se em horas, onde analisar indiscutivelmente as mais perturbadas mentes que caminham na Terra pode, por vezes, revelar-se bastante indigesto.

Estranho, talvez, para a maioria mas bastante formal para ela, estes eram também os momentos em que a Dra. Hellqvist mais gostava:

Pela sua infinita capacidade de produzir o inesperado.

Exceto neste caso particular.

O do Marco.

Ex?

*É complicado... não é bem assim.*

'Não.' Disse Marco, depois de um longo momento em silêncio, 'O Bellows continuou.'

'Estou a ver mas - diz-me, Marco, e onde estavas tu todo esse tempo?'

Reação nervosa no lábio superior; tensão refletida por um apertar de mãos e sob os ombros, supostamente descontraídos – sim, o cobertor de lã colocado no sofá poucos minutos antes da sua chegada não só lhe aquecera o cú como os próprios sentimentos, permitido agarrá-los, segurá-los – rasgá-los, se fosse preciso, reencenando os acontecimentos.

Lá, bem fundo, no poço da mente.

'Estava...' tentou dizer Marco mas para mais um silêncio, desta vez desviando o olhar para uma parede, como que perdendo-se nos pensamentos.

Perguntando-se.

*Consegues ver-te lá, não é?*

'Consegues ver-te lá, Marco, ao lado do Barry e da Amanda... eles a foderem naquela cama... naquela mesa ao lado da janela ao luar... tu encolhido num canto daquele quarto burlesco em Amsterdão e no escuro?

Sem reação e para mais silêncio.

'Foi ciúmes que sentiste, raiva, ambos ou pura alegria? Quem é que tá a curtir a cena, Marco, és tu ou o Barry?'

Tentando descortinar uma reação por via de distração, Dra. Hellqvist levantou-se do seu pequeno banco, próximo da luz da janela.

Era um banco com um valor sentimental, austero e de madeira, recuperado da quinta do avô na Suécia: um banco com não mais do que quatro pernas soltas, balançando e implorando décadas de reparo - gritando para serem aparafusadas de novo ao assento, aquele mesmo assento onde o gordo do seu avô ordenhava as vacas.

Ela queria que os seus pacientes sentissem todo o tipo de sensações nas suas sessões - sim, sem dúvida, mas serem observados de cima por ela enquanto sentada confortavelmente é que não. A Dra. Hellqvist queria mostrar como era difícil e desconfortável sentar-se naquele banco – doloroso, até, com o passar do tempo, estabelecendo, assim, um certo tipo de ligação: mostrando ao paciente que não estavam tão sozinhos assim na arte de lidar com a dor.

Porque dor é uma arte.

E dominar o guincho do pequeno banco em momentos bem seletivos de quebra-gelo fora outra arte aperfeiçoada mas, em última análise e verdadeiro propósito do seu trabalho - perceção de dor dum ponto de vista do paciente era tudo o que ela realmente desejava extrapolar.

*Todos vêm aqui porque ou para a dor.*

E a Dra. Hellqvist não só vivia nela como prosperava dela -, um costume admitido e bem doentio; transportado de uma longínqua infância onde fora abusada sexualmente e alimentado durante quase trinta e oito primaveras – toda uma vida, só assim ela conseguira lidar com a dor:

Apoiando-a.

Sónia Hellqvist, a mulher, no entanto, desejava outro tipo de extrapolação. Delicada em todo o seu charme bem conservado, no fundo e agora tudo o que ela sentia era desejo!

Desejo sexual pelo que tinha acabado de ouvir.

E o Barry Bellows sabia-o bem.

De facto, tanto o Marco como o Barry sabiam o quão bem ela sabia que ambos o sabiam.

Como, no fundo e agora, tudo o que ela implorava era de ser atirada de joelhos ao chão de maneira selvagem. Obrigada a chupar o mastro do Marco sem a ajuda das mãos, bem como ele gostava.

Bem como ela adorava, sugando-lhe a ponta da piça bem dura e lentamente - mas apenas a dele e de mais ninguém; por mais distorcidas que as suas vidas se tivessem tornado, tornarem-se dois monstros presos nos seus próprios medos tinha sido como uma bênção, tanto no espírito como na mente.

E, nessa mesma mente, Sónia Hellqvist estava a abrir as suas pernas, sentada desajeitadamente naquele banco a guinchar; vestida de uma saia azul bem apertada enquanto se começava a tocar por de dentro.

Uma vista especialmente escolhida a dedo para o Marco.

Ou para o Bellows, antes que chegasse, nunca o soube.

O que, na realidade, fazia com que a Dra. Hellqvist se vestisse pouco sexy e como sempre, de traje sóbrio e de propósito - os seus cabelos tingidos-escuro e enrolados num rabo-de-cavalo tímido; sete anos passados desde que mudara a cor natural dos cabelos por causa dele, o Barry e a sua incapacidade de superar aquele chamar fervoroso:

*O da loira Nórdica e fértil.*

'Vieste aqui voluntariamente, Marco, nunca fui a tua psiquiatra - precisas de falar, eu não, por isso fala!' cortou Hellqvist, naquela forma deles, por vezes bem mais fria que o gelo.

Mas, de lado da janela da sua sala de terapia, Sónia encontrou-se a olhar para lado nenhum, onde duas cortinas branco-creme espesso bloqueavam tudo o que viesse de fora.

Lá fora, na Avenida Victória, e para além da luz solar que escasseava sobre uma Londres invernal.

Era premeditado.

À prova de som e altamente contrastada, Sónia Hellqvist queria a sua sala de terapia tal como era - longa e larga; composta de paredes castanho-escuras que convidavam, levando para a luz e para o infinito, onde ela procurava chegar:

No local mais profundo das mentes dos seus pacientes.

E além de um candelabro em forma côncava pendurado no teto, um sofá comprido era tudo o que eles tinham direito; tudo o que eles vinham para: deitar-se ao lado do seu banco a ranger de agonia.

Longe do sofá onde as sessões ocorriam e encostada à parede de entrada, encontrava-se uma pesada mesa de carvalho castanho-avermelhado, abrigada por duas estantes de semelhantes características e empilhadas de livros de psicoterapia e coisas do género, perpendicularmente colocadas no canto atrás.

Para a Dra. Hellqvist, o outono era a estação perfeita para a psicanálise e por alguma razão inexplicável - os seus pacientes tendendo a serem menos gananciosos quanto ao de partilhas emocionais se tratasse.

Por essa mesma razão, Hellqvist montara um dispositivo de luzes automático no candelabro e que mudava aleatoriamente, alternando entre padrões castanhos e tons pastel laranja-claros, muito suavemente e ao longo do dia.

Ao ponto de nem ela saber ao certo qual padrão se poderia produzir a qualquer momento, criando, assim, uma sensação inesperada e atmosférica de um outono quase eterno.

Sem rede de segurança, como ela gostava e um traço bem comum no Marco - não do Barry e infelizmente, a relação deles tendo sido a vítima uma vez que o Barry... o Barry tem uma certa tendência ou abordagem bem mais direta para certas coisas.

À própria vida.

E à morte.

'Sabes o que sinto de verdade quando estou lá, a fazer amor com a Amanda?' Pergunta-lhe ele, o uso do presente deliberado, sentiu Sónia, de repente e correndo-lhe pela espinha abaixo - enquanto ele parecia reviver a cena de sexo com Amanda em frente aos seus finos olhos azul-husky, sorrindo suavemente para o ar.

Quem, ela não podia ter a certeza, mas um certo tique bastante familiar no rosto e um frisar de testa contavam como Barry Bellows, em todo o seu charme, poderia ter bem acabado de encontrar o seu caminho de volta a Londres.

Isto depois de sete anos em exílio.

'Bem-vindo de volta, Seu Barry...'

'Sim, de facto, um pouco imponente, tenho que admitir - o teu novo escritório, quero dizer, mas poderia muito bem aplicar-se a toda a Grã-Bretanha, hoje em dia, com este circo do Brexit e já que perguntas.'

Sim, sem dúvida, Barry Bellows.

'Desculpa, mas - estava a ler no outro dia, na tua opinião o que seremos depois do Brexit, alguma vez o faremos?'

Pausa, propositada e cronometrada, 'Nunca fomos continentais, não existem conquistas navais previstas, então... se medidas comerciais, regulamentares e de segurança são tudo o que alguma vez tivemos com a União Europeia - agora que encolhemos os ombros aos nossos aliados, o que nos vamos tornar, então?' Bellows disse, como sempre, em total contraste com o próprio tom de voz, sotaque ou mesmo raciocínio verbal de Marco.

Como conseguia ligar e desligar ninguém o sabia mas sim, definitivamente, era Barry que falava agora.

'Atlântico Norte - serve-nos bem, não achas, Dra. Hellqvist?' Disse-lhe Bellows, enquanto esta se virava da janela para andar pela sala - assustada, lentamente e a ouvir; chamando a atenção para a transição de carácter e isto quando um tom de cores leves e alaranjados acabara de passar pelo rosto de Bellows.

E no dela também, de certeza.

Algo que Bellows reparou.

'Sinto-me Deus.' Diz Bellows.

Há quinze anos que se conheciam e, até à data, Sónia Hellqvist não podia garantir cem por cento se Barry Bellows sabia que era também Marco, o seu ex.

'Lá, com a Amanda, sinto Deus em mim.'

Até fodiam de forma diferente.

'Nunca estive tão perto de Deus do que quando dentro de uma mulher, Dra. Hellqvist - é isso que o Padre nunca nos dirá, mas eu pergunto-me, já encontrastes uma alcunha para mim?'

'Isso depende, Barry... Mataste alguém recentemente?'

'E... o que significa matar? Que significa estar morto?'

Era a vez dela agora de se tornar silenciosa.

Dum silêncio pálido e frio que lhe fluiu pelo sangue abaixo com sabor a zinco na língua.

*Que não aconteça de novo, por favor!*

'Já alguma vez desmaiaste, Sónia, como que... desmaiada, completamente?' Perguntou Bellows, a sua capacidade de transformar perguntas em mais perguntas outra das suas características, lembra-se Sónia, incapaz de encontrar resposta. E como, de excitada a assustada, ela tinha passado numa questão de segundos!

'Eu fartava-me de desmaiar quando era puto, sabes?' Disse Bellows, sucintamente e enquanto esticava as suas longas pernas confortavelmente no sofá. 'Durante toda a minha juventude, é incrível quanto possa parecer passar – o tempo, lá está, enquanto se está desmaiado.'

'E... quanto tempo realmente parece passar, Barry?'

'Devia ter os meus dezoito anos quando descobri a rapidez com que realmente é – desmaiar, isto é, sabes, tinha-me perguntado o mesmo toda a vida até então...'

'E... o que é que encontraste?'

'... Eu... dei por mim a ser acordado por um amigo meu, a esbofetear-me e a perguntar, "Estás bem pá, consegues ouvir-me e tudo?", tipo a ressuscitar-me, bem preocupado mas... naquele específico momento fui capaz de lembrar-me de perguntar-lhe, "Quanto tempo estive fora?"

'... E o que disse o teu amigo, Barry?' Perguntou a Dra. Hellqvist depois de uma pausa, '... Quanto tempo estiveste desmaiado?'

'Um instante, claro, alguns segundos, talvez - a alternativa sendo um coma!'

'E... o que é que se sente, Barry? O que significa desmaiar?'

'Imagina... imagina a versão reeditada do teu filme, bem longo, tipo quatro horas extra... um *redux* de toda a tua vida que parece nunca acabar - é essa a sensação, sim, interminável...'

'...Até que as estrelas comecem a brilhar dos cantos dos olhos e do escuro, sim... tudo muito escuro; uma acumulação de um milhão de eventos... todas as tuas memórias trancadas num espaço escuro, oco e frio...'

'... Todas as vozes que já ouviste, ali e a te serem passadas à frente dos teus olhos - que rolam tipo epilético, penso, tudo isso numa questão de segundos...'

'...O que se vê antes da morte, alguns dizem...' Interrompe Hellqvist.

Atraída para o ouvir, mas não sem uma forte sensação estranha de depravação a rondar o grotesco, Hellqvist apanhou-se a passar um dedo na superfície de uma das paredes, quando fez uma pausa involuntária.

Uma certa suavidade, estranha e agradável ao mesmo tempo no arranhar do papel de parede, agradavelmente associando-se às palavras de Bellows e por algum motivo estranho - *mas como ela desejava arranhar!*

O que ela fez, ligeiramente.

O que ele ouviu, feliz.

Quase invisível ao olho distante, o dito papel de parede castanho-escuro era constituído de padrões de linhas e pontos emaranhados entre si. Muito finos, muito artísticos, na verdade e de tons brilhantes e dourados; tons de um outono dourado, parecia, ainda que, visto de longe e dependendo da luz do dia, lá está mas - às vezes poderiam até parecer as estrelas no universo.

*Limbo...*

'Sim, Sónia, limbo... alguns tendem a acreditar que existe um segundo lugar chamado céu ou inferno que nos espera, mas eu discordo...'

'... e acredito plenamente que também o discorde a Amanda neste momento, mesmo enquanto falamos.'

Porque razão ela se sentia a excitar-se de novo não o poderia saber mas era bem assim que Sónia Hellqvist se sentia neste momento – *foda-se!*

*Será por causa dele?*

*Será físico?*

'Ah... minha bela Sónia Hellqvist... a criança abusada sexualmente pelo avô, tão jovem, tão inocente – diz-me, o que sentiste ao matar o teu avô naquele dia... enquanto todos os teus sonhos se desmoronavam, despedaçando-se em cacos? Sempre me questionei, como é que realmente te sentiste, Sónia?'

A um silêncio morto a levara.

'Eu acredito que Deus seja sexo, Amanda.'

*Estalou!*

'Mataste-a, Marco?' Interrompeu Hellqvist, isto logo após Bellows ter mencionado o nome de Amanda por engano - ou talvez não, quem sabe mas, abrindo uma oportunidade.

Esperado, também e essencial, exigir-se transição de carácter dum paciente acrescentará sempre mais incerteza a todo o processo – por sua vez e em certo modo aumentando o facto de que, e da mesma maneira, Hellqvist soubesse bem que estava a puxar da sua sorte.

Porque se há coisa que Barry Bellows deteste é ser puxado de volta para o Marco!

· · · ·

'*Desculpa,* mas tenho de o dizer,' disse Amanda com uma gargalhada inocente, 'às vezes é como se virasses outra pessoa... quero dizer, mesmo na forma como soas, no tom da voz...'

Ambos tinham partilhado um duche quente, minutos antes, lavando rios de orgasmos contra as paredes de mosaico da casa-de-banho - ao ponto de não haver mais água quente em toda a casa; caldeira a berrar e uma luz vermelha que piscava exigindo atenção, lá da kitchenette.

Ligando e desligando a caldeira de forma repetida, Amanda finalmente conseguiu fazê-la voltar ao verde, com um suspiro de alívio.

'É sempre a mesma coisa - uma mulher já não pode tomar um banho de jeito hoje em dia.' Disse, ali, com não mais do que aquela luz suave e quente dum candeeiro-de-sala a iluminar-lhe o apartamento de madrugada.

Ambos envoltos em toalhas brancas e pingando água quando Bellows se aproximou dela por de trás; arrastando as mãos ao longo das suas pernas monumentais e firmes, debaixo da toalha e até ao ponto caramelo – ela sem se coibir.

Ele sem lhe responder.

E, ali e por de trás, Berry Bellows enfiou-lhe o *mangalho* a dentro, atingindo-lhe bem no ponto, gritava Amanda, 'Aí mesmo - foda-se, ali, *yes!*'

Existe o *Yes!* de puta e o *Yes!* de verdade - mas o gemer de Nórdica soa mais a *Yaaa...* prolongado, como se pela espinha a dentro te entre, ligando todo e qualquer nervo num *Yaaa...*

Mãos atiradas contra a caldeira que aquecia, Amanda esticou as pernas de um centímetro ou dois, ligeiramente e para posar firmemente numa posição em que conseguisse senti-lo mais ainda – mais forte, empurrando-se para cima dele a cada vez que ele lha esbatia sem perdão. 'Foda-se! Ali mesmo, Sr. Repórter - Foda-me à grande!'

Escusado será dizer que o turno sexual desenrolou-se por toda a cozinha, batendo em tigelas e panelas - copos e facas a voar, grão de café a cair, a certa altura ela quase que que puxara a torneira da cozinha enquanto Bellows lha enfiava, atarraxando cada vez mais forte e sempre por de trás, agarrado à sua cintura.

E tudo isso continuou até que terminaram, em frente a uma pequena janela ao lado do forno e que mostrava, à luz dum amanhecer, os seus corpos nus e meio refletidos.

Ele a atirar-lhe as últimas investidas por de trás, com uma mão a apertar um seio bem forte enquanto lhe puxava o cabelo dourado com a outra.

A cabeça dela recuando em alegria... em orgasmos... enquanto ele a puxava e lha enfiava... aquelas lindas maçãs do rosto que ele não resistiu a ver refletidas na janela.

Um seio firmemente agarrado, outro que saltava para um *Grand Finale,* batendo, naquele bater final que um homem atira num *all in* - tudo dentro e sem arrependimentos.

'Foda-se...' Tudo o que ela conseguia gemer por instantes, com ele sempre a enfiar-lhe por de trás, incansável – é isso ser-se tântrico, algo que Barry Belows não tinha pedido mas sim um talento dominado em vez.

Se fora a visão da laringe exposta da Amanda refletida na janela o que o desencadeou - ou a beleza em todo o seu esplendor ele poderá nunca o saber, mas foi ali, exatamente naquele momento de oferta ejaculada que decidiu!

Apanhando a faca mais à mão e que decidiu ser a de cortar carne, Barry Bellows delineou então o mais preciso dos cortes na garganta de Amanda, dum lado ao outro - a sua morte ofegante a espirrar um arco de sangue sobre a cozinha!

A cabeça da Amanda ainda a cair na torneira e antes da última gota de esperma ter tempo de se alojar dentro dela – assim seriam encontradas, provavelmente, as provas ADN, mais tarde, pela polícia Holandesa!

· · · ·

· · · ·

Com efeito, estes são apenas alguns daqueles momentos na vida que se interligam por efeitos borboleta, esporádicas coincidências ou mesmo um peido *soft* que nunca veio.

Porque, se viesse, o efeito seria bem mais devastador, até aí todos chegamos mas, quantos Marcos conhecemos nós, se pensarmos bem?

Quantos Serafins, ao fim ao cabo, desses bem perdidos nas malhas dos porquês existenciais, e por esse mundo fora?

Por vezes, um agradecer vem sem se esperar, sem dúvida, mas, no interligar d'ação-reação em que vivemos no mundo de hoje – este equacionado ao pormenor -, a Humanidade é bem mais previsível quando se lhe é pedida de reagir em massa.

*En revanche*, prever o resultado duma equação ação-reação num individuo torna-se, dizem os especialistas, tarefa impossível.

E o que seria se, por milésimos de segundo, as estórias das nossas vidas fossem diferentes?

Interessante, o pensamento, ainda que sem se lhe dar o devido respeito e na maioria das vezes.

· · · ·

· · · ·

· · · ·

'Dra. Hellqvist?' Diz uma voz masculina e dum inglês rouco ao telefone. No ecrã, um número estrangeiro, sem foto e acompanhado de *Netherlands* por de baixo.

'Goos de Brouwer – Detetive Goos de Brouwer, Polícia Holandesa...' Continua a voz, nos seus quarenta e picos, pareceu-lhe, ou trinta bem amassados.

'Peço desculpa se interrompo mas... perguntava-me se me poderia conceder uns minutos—ou um possível momento mais tarde?'

'Com certeza, diga?'

'Bem, para encurtar uma história bem longa, encontro-me numa espécie de encruzilhada, a meio duma investigação aqui em Amsterdão e que... digamos que por coincidência ou erro me leve a ter de confirmar ou eliminar umas certas suspeitas...'

'Com certeza, Detetive de Brouwer, ajudarei no que puder e dentro dos possíveis mas, sim, encontro-me livre neste momento, diga?'

'... Marco... Marco Dias, se o pronuncio corretamente, o nome diz-lhe algo?'

• • • •

# CAPÍTULOS EXTRA
# A TAL CHAMADA DE LUIGI BOSCO

# Capítulo 13

*Quantos olhares indiscretos*, através de tantas mas tantas janelas quantos poisos e mais endereços postais?

'Câmara a rolar, por favor.'

Internacionais, até, e olhares que declaram algo, sempre, 'É o vizinho, porra – foda-se!'

Ora, para Luigi Bosco nada disso o incomoda. Não, o vizinho à janela é doutra interpretação.

Autobiográfica?

Tanto quanto baste, tipo sal e limão sobre algo que fere e às vezes, mas com Luigi Bosco é tudo diferente: todos mudam na sua presença, dado que Bosco viaja-lhes sobre a alma; algo que não pediu, veio de fábrica.

Sentado no estúdio e completamente sozinho, à parte do *cameraman*, somente ele, um cigarro aceso e um cinzeiro o escutam.

Mais os milhões de almas espalhados pela cidade e pelo mundo fora, hoje em dia conectado ao nanossegundo - talvez Bosco vos fale num futuro onde nada seja assim, não sei.

E cidade essa que poderia ser qualquer outra cidade ou *town*, composta de ruas e pavimentos, calçadas sujas, limpas, áreas residenciais, pobres, ricas – super-ricas; de néon e semáforos que oscilam entre vai, pára, arranca, stop, pensa duas vezes -, nesse tipo de cidades.

Mas, de fato e gravata, bem apresentado e dentro dos possíveis, Bosco encontra-se a meio dum dilema, ali, sentado à mesa dum programa de televisão.

Do seu programa de televisão. Bosco é o *host*.

Programa de debate. De bater. Atualidade.

Notícias.

Velhas e novas, enquanto Bosco fuma, pesada e pausadamente - o silêncio a começar a rondar o ensurdecedor, parece que pensa o *cameraman*, pede-se movimento, *algo que aconteça!*, sabe Bosco.

Plano de fundo dum enorme ecrã em negro opaco, duas linhas vermelhas apenas a esquadrar, nada de *navy-blues*, um estúdio em tons sóbrios.

Sérios.

Enquanto um fio de fumaça sobe no ar, lembrando os anos 70, quando ainda se fumava ao vivo, *live*.

Provocador?

Alarme de incêndio quase a disparar, tanto câmara como *cameraman* revestidos de impermeável, caso se, enquanto Bosco termina o seu cigarro, olhos focados nos dos telespetadores.

Lá em casa, enquanto o plano de câmara faz zoom.

Lentamente.

Enquanto pensas.

'Caro telespetador, boa noite.'

*Caiu a neve* e tudo gelou. Pela cidade abandonada, máscaras por terra dum passado remoto, mas não tão longínquo assim, quando tudo desmoronou à nossa volta num mundo de porcos.

'Abandonámos o compasso moral por meia dúzia de ducados,' continua Bosco, tristemente sem conseguir dirigir palavra. Em vez, Bosco fala-vos por pensamentos, em frente à câmara.

E compasso moral esse que, bem às aranhas, roda entre *Tou-me a Cagar, Talvez, Nem Pensar, Fake News, Um Dia, Se Deus Quiser* e roda, roda, roda sem parar, nesse teu compasso moral que já nada indica à parte de teoria, trama e mentira.

Foste o que eras e agora já não o és.

Tornaste-te num deles, fazes parte - vassalo do algoritmo. Escondeste-te de mil e uma verdades para que o teu filho crescesse são num mundo sujo –, e já não há volta a dar.

'Enquadra-me o rosto, lentamente.'

Também o teu filho cresceu e teve filhos.

Escondeu-lhes das verdades, e a bola de neve a engordar. Multiplicada pelo número de estrelas no céu ao quadrado aí te encontras: sem solução, mas continuas, nesse teu robótico ser.

No rodopio inerte de paixões esquecidas – lembras-te do que 'Querias ser quando fosses grande?'

Chegás-te lá?

Se sim ou não pouco importa porque aí estás e aí te encontras, agora, inerte robot humano.

Ruído-de-fundo de película antiga dum silêncio a roer a alma, mas sim, Luigi Bosco encontra-se num dilema: o do não saber o que dizer a seguir, em frente à câmara.

E pensa. Olha bem no centro da câmara e pensa.

Pensa nos seus quase inexistentes cabelos.

Calvo.

Para certas pessoas, engordar adiciona-lhes algo de positivo - um pouco de massa, dá-lhes um ar saudável, e Bosco não é um desses.

De atraente, no bochechão só mesmo a grisalha barba farta e recentemente, só teve que esperar meia centena de anos.

Mas Bosco sempre fora um homem robusto, vivaço, sempre pra frente, tanto de espirito como de físico.

Resoluto.

Hoje em dia conhecido como *Barba-Löuca*. Assim lhe chamaram e assim ficou, ele mesmo adicionando-lhe os dois pontos em cima do *O* como que em tom nórdico.

Dois pontos.

Tom da neve.

Anel, círculo da vida – dois olhos, antenas.

Instigação, rei, rainha, coroa – tribal!

*Dot-dot,* anel, união, perdição, desonra, ruína – vitória!

Infinito.

Eterno. Eterna viagem, sentido e significado.

Ser.

Existir.

Que mais vejo num Ö?

'E que mais há para ver?'

Tudo branco.

Tudo neve.

A loba ao meu lado. Tornamo-nos dois pilares, pesados e ambulantes, de região em região; porque, feito de vozes que pairam no ar, para Bosco, este é um dilema a sobrevoar meias elações, futuros pensamentos e ideias – ou ideais: do como ser, como estar, como se apresentar; o que dizer, antes que nos rebente nas fuças; o que vestir, desde que seja tecido por uma qualquer criança, lá, bem longe, no terceiro mundo.

Onde nada nos afeta.

Porque nada o sabes.

Até que um dia o passas a saber mas nada o fazes. Na inércia do robótico ser em que te tornaste, sem ideal senão o teu – e que se fodam os outros -, a borracha do pneu que te transporta no dia-a-dia, que sabes tu sobre química? do momento que te transporte dum lado para o outro, que se foda o chinoca e o seu pulmão putrificado.

'Neste tipo de tom gostaria de falar no meu programa.'

Fizeram-nos assim.

Do negro opaco do ecrã saltam imagens de tudo o que ele pensa e em rodapé, fruto dum editar longo, muito longo - décadas de arquivo, a bem dizer: décadas de montagem, tudo isso a passar por detrás de Bosco e no ecrã; a transição de um século em imagens – *milénio!* -, que agora passa para plano principal e o que o telespetador passa a ver, também ele, lá em casa:

Guerras, politicas, golpes de estado - homens de bigode farto -, conspirações, a preto-e-branco, a cores; mulher, pudor, despudor!

O inevitável comboio do progresso num avançar de ideias até aos dias de hoje, vestidas a condizer.

*Glamourizadas.*

Clarinetes orquestrais de pompa e circunstância, evento histórico, um após outro, o historiar do pensador que o acompanhou.

O pensar. O porquê do pensar – os *pensalistas* e o desdoutrinar de *milhaias d'épocas lingueironas*, recalcadas e condensadas numa só: no hoje e no passo que se segue.

Pedra mole em pedra dura... caiu a neve e tudo gelou.

Pela cidade abandonada, máscaras por terra dum passado remoto mas não tão longínquo assim, quando tudo desmoronou à nossa volta.

Sete décadas passadas, ano 2096 e já não existem bandeiras - rebentámos a escala e começamos a nos comer por falta de nutrimento!

O instinto canibal esteve sempre lá, bem presente e à espera. E não hesitámos um grande quê quando a necessidade falou mais alto.

Caiu a neve e tudo gelou.

Prognóstico? Durador - nem lobo nem rena (luz de estúdio 1 a apagar, por favor, Bosco meio às escuras).

A fogueira tornara-se um misto de luxo e chamariz carnal: se a acendes aqueces-te, mas não sem deixar de atrair.

Calor humano.

Não chega.

É dum congelar de alma.

Sem perdão. Sol nem ver, durante meses. Meses esses que já ninguém conta - que ano é?

*Tesoura!* poderás fazer essa barba louca que carregas à anos.

Latas de conserva, expiradas há meia centena de anos atrás, e nem assim consegues saber em que ano estás; perdeste o termo comparativo - primavera e inverno tornaram-se a mesma parte dum todo –, é tudo igual, nada muda e nada sabes.

Tudo branco.

Dum branco-neve de tons azuis arroxeados, da flor do cardo.

Uiva o lobo, lá fora, na vila.

Vila abandonada que se tornara casa temporária. De casa em casa a caminhar sobre autênticas almofadas de neve; a vasculhar comida, agasalho e utensílios que te permitam continuar.

Uiva a loba, lá fora, esfomeada.

Apertas a carabina munida com não mais do que ar e ferrugem, como se de disparar a tua sobrevivência se tratasse, mas sabes bem que, no final, terá de ser à marrada!

Contas segundos.

Vês o lobo que te cheira, através da janela - lá fora, na vila. Coberta de verdes-pinheiro e brancos-neve, abeto em abundância mas nada de dente-de-leão, estes são brancos de Gotemburgo.

Portas velhas que se escancaram ao sabor da geada e do frio.

O lobo tem pelo, protege-se.

E tem fome.

Reconheces-lhe o olhar de esfomeado.

Confirmas, também, que não é lobo mas sim loba, o que complica a coisa de três graus acima. O que te aquece.

Apegas-te à carabina ainda que saibas que nada há a fazer senão espancarem-se até à morte.

Carne de lobo, iguaria sem igual.

Num fogo aceso.

Por uma noite poderás comer.

Se não fores comido. Batem portas com o vento.

A loba distrai-se e vai ver o que é - porta da frente, tu à janela, de barba longa, suja e áspera; o respirar já nem vaporiza. O calor interior da casa é gélido, a bafio de lareira morta a pedir lenha.

Batem portas com o vento.

A loba vira-se de novo e olha-te, sabes que te viu!

Encruzaram olhares e agora sim, brevemente saberás quem é o verdadeiro predador! a cada segundo a tensão aumenta, num palpitar de coração ensurdecedor – se ao menos a loba não te escutasse o palpitar?

Não - a loba snifa o medo que te transborda dos poros e dessa tua pele enrugada –, um festim, será.

Olhos nos olhos, sangue no dente.

Bate o vento no pelo da loba, indecisa.

Preocupada.

Preocupante.

Ajeitas a carabina, olhos nos olhos.

*Erro?*

Intimidação. Punhos cerrados, quem ganha? Ambos a olharem-se; a analisarem-se. Ambos a partilhar exatamente o mesmo instinto neste momento, o do *fifty-fifty,* o do vai-ou-racha.

Mas, e em ultima instância, ambos a necessitarem dum aliado - muito tempo, muitos invernos sós.

Achega-se, no final, a loba dum passo, tímido mas inspirado, e num recuar de olhar ingénuo. Como que a dizer-te, 'Oi... sou a loba.'

E uiva-te em seguida um recital.

De clã.

· · · ·

· · · ·

· · · ·

Ombro feminino, sensual, delicado e curvo.

'Da esquerda para a direita, por favor, calmo mas decisivo e intrigante.'

Penteado estilizado à capacete rouge-dourado que lhe sobrevoa de tanto em tanto, com o vento; *ela* bafejando cigarro aceso.

Óculos-de-sol anos 60, largos, com estilo.

O fumo voa-lhe pela cara. Pelo ar.

Exterior. Dia. Cidade. Ocaso amarelo-esverdeado e de tons cinzentos no céu.

Jardim urbano, público.

Nua por dentro e apenas revestida dum casaco de homem que lhe cobre até meio das coxas.

Descalça.

Nada, sem tirar *ela*, se mexe.

Somente *ela*, a natureza do vento e um cantarolar de pássaro sobre as poucas árvores no fundo. O que quer que venha tem de ser natural.

Uma queca ao luar.

• • • •

Capítulo 15

# PINTAR O PASSADO COM P DE PUTA, ODE À CIDADE EUROPEIA

. . . .

*Estúdios* 2 e 4 a apagar.

'Bosco?'

'Sim, Peter?'

'Acompanho-te até casa - tenho a câmara, filmamos as ruas?'

Pausa. Cinza. Cinzeiro.

Acende outro.

'Restaurante? Jantar à minha conta.' Oferece Peter, de novo.

Caminhar com Peter, o *cameraman* - porque não? como será ver o que vê Peter da sua câmara?

De que ponto de vista compreende Peter o *ver*?

Do Peter, Bosco lembra, imaginam-se sempre linhas urbanas e contrastes de luz; *close-ups* e *jump-cuts* de situações – momentos sagrados, até -, num repescar de retrospetivas à mestre antigo: moda, uma paródia lúdica.

Movimento, onda, cadência.

Que me faça mover ou parar, e parar também.

Que me faça pensar.

Que me leve. Bosco antecipa tudo isso num filme de Peter, muito urbano, mas a questão persiste:

*Com ou sem máscara?*

Não, efetivamente, Bosco não sabe o que dizer, ali, sentado em frente à câmara.

• • • •

• • • •

• • • •

Rua de calceteiro e de calçada, pedra dura e antiga – hoje em dia estação de metro.

'*Junk-food* e calceteiro não combinam.'

Martelo e computador não combinam, dito por alguém; vindo dum absorver de azáfama que os acompanha pela cidade, ao som de buzinão e à *fogareiro almariado*.

Como antigamente.

'Fodemos esta merda toda.'

'O que filmas?'

'O que fodemos e o que nos resta. Até quando, não sei.' Diz Peter.

'O que é arte, para ti, Peter?'

'Arte? *Ela* aparece duma esquina, sempre nua, somente revestida de um casaco de homem e olha-nos.'

'Sim, mas ninguém se lembra do nome do violinista da secção de cordas da Orquestra Filarmónica de Londres, *do they*?' diz *ela,* antes de virar a esquina de novo e fugir do plano de vista.

Arte é destemida.

'O artista. O artista é a arte.' diz Bosco.

'A *performance* é a arte.' completa Peter, girando a câmara sobre a praça, indo focar um pé de estátua antiga; a voz e o corpo um instrumento, tão importante como outro qualquer.

'O instrumento torna-se um veículo linguístico.' daquilo que, às vezes, não se é possível transmitir em palavras.

'O instrumento torna-se um meio de comunicação de sensações. De uma certa energia.'

'E tem de ser respeitado.'

'Sempre.' diz Peter.

Para cada problema, vendemos a solução.

Fodemos esta merda toda.

. . . .

. . . .

A vasculhar pensamentos e em completo silêncio, *Ela* observa-te sempre através da janela do seu olhar – sempre!

Quatro palavras que pedem solução, enigmáticas na sua essência mas nunca definitivas – como um simples divagar.

Ou um cartão-postal duma época que a seguir se tornará intemporal.

Que reivindica lógica.

'Voltarás para mim?'

*Ela?* passara o dia a caminhar pela cidade, até que resolveu caminhar até casa, absorta em tudo que possa ser extraído dum enigma de quatro palavras:

# Alegoria, Fábula, Mistério ou Símbolo?

'Retrato de sociedade ou pura perda de tempo?' pergunta-se a si mesma.

Vanna, companheira de casa, de cama e de segredos sem fim, encontrava-se fora por alguns dias, deixando-a com o apartamento à disposição.

Permitindo-lhe evitar, também e assim, o uso regular do pindérico lustre brilhante, este pendurado no teto da sala-de-estar e fonte de luz branca que odiava - um pequeno candeeiro-de-mesa cor-carvalho bastava-lhe, emitindo uma luz bem mais apaziguante.

Aquecendo-lhe a alma.

Para *Ela*, tudo se resume a *Feng Shui*.

Mesmo no caos.

*Especialmente no caos.*

Organizar e reorganizar rapidamente conceitos? obrigatória rotina noturna. Só então *Ela* poderá tomar aquele tão desejado banho e esquecer, mas nunca sem se lembrar - toda e qualquer vez (enquanto se despe, delicadamente, câmara 2), de quanto anseia por um sinal:

Casaco de homem a cair-lhe dos ombros, pé fresco em chão fresco, nua e bela, *Ela* vê-se ao espelho, preparando-se agora para lavar o dia da maquilhagem.

Ou vice-versa.

A pensar. Em tantas coisas e f ão mesmo tempo. Sobre dois personagens estranhos, vistos cerca de vinte minutos antes, a caminho de casa.

'Feitiço ou encanto, nem todos vêm Arte.' dissera um deles, gordalhuço mas de ar nobre e simpático, e a câmara diz sempre tudo.

*Feitiço ou encanto, nem todos vêm Arte.*

'Mas a câmara diz sempre tudo!' diz *ela*, agora, e com ênfase! do espelho, e talvez a única pessoa sem o saber, arqueado por um par de leves sobrancelhas vive um cândido par de olhos azul-cristal.

Vive o delicado desabrochar de botões de rosa que são as suas duas pequenas orelhas, e um nariz de princesa proporcionalmente esculpido à perfeição, criando, em toda a sua complexidade, e mesmo desde uma idade prematura, o retrato de uma mulher verdadeiramente angelical - extremamente bela e de uma certa maturidade.

Um amadurar de vida.

Hoje em dia a rondar-lhe o ponto-caramelo. Uma luz quente da lateral do espelho a vir, por fim, acentuar uma sombra ainda mais pronunciada às suas salientes maçãs do rosto, que ela joga com; luz acima, luz abaixo, rodando o rosto e delicadamente, a sombrear por cima duns delicados e beijáveis lábios rosados.

Pelo seu sorriso, aquele sorriso adorável que todos vêm menos *Ela* - em redor da figura curvilínea que adorna, esconde-se um branco-ostra dum sublinear delicado, atrás do qual vive, também e a tempo indefinido, Dona Insegurança.

Sempre - Arte joga sobre mais valias inseguras, na corda-bamba, *encontrando-se,* por vezes, na insegurança dum sorriso. Quase *polida* à perfeição, *Ela* nunca dèverá totalmente interpretar como belo o fascínio que carrega consigo.

*Nunca!*

Arte diz algo e pronto.

Respirando fundo, enquanto enche os pulmões de ar, dois mamilos eretos a apontar ainda mais do que o normal e em direções opostas.

'*Hey there, East-West...*' diz, satiricamente, ao entrar na banheira.

*Ela* sabe que porta dois seios bem generosos.

'Focar toda beleza dum seio, por favor, passando, sem ralentar, sem pudores, sem preconceitos – quero grão de imagem. Quero sentir o mesmo arrepio que *Ela* sente ao se despir, ali, explicado por um seio.'

E não demorara muito para que viesse ajustar a água de um pouco mais quente, enquanto se avizinhava do chuveiro.

Apoiando, então, os ombros nas paredes frias de mosaico e em contraste, como que num purificar do dia, Arte sente.

Um bombardear de sentimentos de uma sede quente.

Emoções que não consegue distinguir e oriundas dum mesmo fluxo de eventos, partilhados com o que de mais puro exista profundamente nela.

Suavemente permitindo ao jorro de água quente que lhe escorra pelos cabelos, atrás das orelhas, e por último em cada poro de seu rosto - quando o jato d'água lhe atingira a superfície, dos ombros foram arrepios de prazer a descerem-lhe costa-abaixo (*feeling,* por favor, vapor - cada gota de água conta!).

Enquanto os mamilos endurecem densamente de alegria e prazer...

Enquanto a água corre, contornando-lhe os seios, suavemente e por ali abaixo.

Para baixo e seguindo as avenidas do corpo.

Em torno do umbigo.

Por detrás, nas nádegas.

E antes que a mais veloz das gotas viesse inundar-lhe a região pélvica, cinco elegantes dedos e macios já se acariciavam e há algum tempo, em redor e sob o clitóris.

Apertando e ao mesmo tempo aquele par de seios esbeltos que *Ela* tinha sido agraciada com fervor e paixão, Arte masturba-se num cocktail de infinitas possibilidades.

. . . .

. . . .

. . . .

Restaurante Italiano a meio gás, vazio, pobre de espírito e de bancarrota à porta, '*Ciao Robé!*', saluda-lhe Bosco.

'*Ciao Giggi, che se disce?*' diz Roberto, sorrindo, mas duma certa ironia, até, algo masoquista.

'*Che le sarde si mangiano l'alisce...*' remete Bosco, nada de especial, nada de novo.

'*Ciao,* Peter!'

'Oi, Roberto.' responde Peter, 'Azáfama daquelas à antiga, hem?'

'Nada a fazer. O restaurador foi abandonado à mercê da misericórdia.'

'Termo em extinção.' reflete Bosco. 'O que é que se come hoje de bom?'

'*Tutto e niente.*'

'*Fammi una carbonara, dunque.*'

'*Anche due.*'

*Antiga Praga* deixada para trás, hoje em dia submersa no abismal declínio dum passado obsoleto, Bosco e loba continuam na sua caminhada, para sul e sobre uma Europa inteiramente coberta de neves; altas, baixas, secas ou de neves em pó, enfim grão-mestres no capaz de reconhecer um cristalizar de neve a dois dias de distância.

Carabina sem balas sempre empunhada, só porque, da parceira de viagem Bosco nunca pensara receber tanto.

E, de resto, todo este tempo sem nunca o estranhar; algo de verdadeiramente intersocial ocorrera na relação entre os dois: quando um come, comem os dois, à mais ínfima migalha de pão duro que seja.

Apoiaram-se.

Como um lobo pode perceber um homem e vice-versa fica para Deus o explicar, se ele se dignar, um dia, a nos falar concretamente, sem fábulas, analogias ou falsos pretextos, um simples cartão vermelho serve.

E dois amarelos dão sempre chuveiro.

Mas, do clã mais próximo ouvem-se rumores e há algum tempo.

Derreterá.

Tivemos dois dias seguidos de... menos frio.

Porque fez menos frio.

Esperança reside e persiste na ténue linha do amargo sabor do ter de sobreviver.

E ninguém dá o braço a torcer.

Crises, guerras, extinção à vista vezes sem conta e nem assim se uniram, os humanos, pensa Bosco.

Olhando a loba ao seu lado.

Acariciando-lhe com mão de amigo. Dois anos passados e Bosco nunca optara por a domesticar – a mesma porta de entrada é a de saída, podes ir quando quiseres.

E a loba ficara, incrível!

Matámos uns quantos que nos atacaram.

Sobrevivemos.

Comemos veado, peixe, borracha – o que quer que fosse. O que houver. As noites são frias. Um planeta de neve que tarda em derreter já lá vão décadas.

Estava à vista e ninguém viu.

Típico.

• • • •

• • • •

'Nomeia-me uma indústria, uma instituição que não tenha sido adulterada?' disse Peter, enrolando a ultima garfada de *tagliatelle* com prazer; ao mesmo tempo que a girava sob os bordos do prato côncavo.

Indo absorver todo o *sugo*, '*Tutta quella cremosità senza crema in una vera carbonara!*' Ouve-se dizer Roberto, patrão, cozinheiro e observador sorridente atrás do seu balcão vazio.

'Fomos todos colónias. A um certo ponto e sem exceção, outrora fomos todos colonizados.' Opina Bosco, a seu turno e de olhar sonhador. 'Consequentemente, nacionalismo e patriota são, por virtude e definição, dois conceitos que não existem – realidade quantum, se de existencialismos falamos.'

'Putas! Vendidas como verdadeiras putas.' Diz Peter.

'*To the highest bidder.*'

Não há uma que se salve.

. . . .

. . . .

. . . .

Frenético pulsar de contrabaixo sob três notas jazz, rítmicos desdobrares de tempo e contratempos, caía a noite na cidade.

De pianista só mesmo as estrelas, enquanto Bosco, Peter e Roberto caminham rua abaixo - três garrafas de *Salice Salentino* no bucho.

Um póster gigante na fachada dum prédio – nevoeiro raso à Sherlock Holmes -, e não durara mais do que um segundo para que Roberto equacionasse quanto perderia, em confronto com o que poderá ganhar, cerrando a pesada grelha de segurança do restaurante, bem antes da hora e com convicção.

Restaurante à antiga, rústico a sério, *brodino* sem conservantes.

Deixando para trás o embate metálico da grelha a ecoar sobre a noite.

Como se fazia antes.

. . . .

. . . .

. . . .

Fomos todos colonizados.

# Capítulo 17

*Inesperados, três calhamaços*, armados até aos dentes, lá em baixo, no vale.

A loba a empinar o pelo, ouviu-os e fez sinal.

Bosco pede calma, com uma mão, que ela entende.

Caminham pela neve na direção deles como três trogloditas, prontos para fazer merda, vê-se.

Sente-se.

A loba encolhe-se e disfarça-se na neve, imitando Bosco - mas já não há nada a fazer, um deles parece que vê Bosco e será glória ou morte! -, flanquear, o que ambos treinaram durante dois anos e sem lhes ser pedido, telepático, em vez, e mais uma vez:

A loba a adiantar-se de um passo veloz pela direita e à espreita, enquanto Bosco reflete simetricamente o movimento, mas pela esquerda e de cócoras.

A naifa de Bosco, única arma verdadeiramente dita e bem ajustada, ao alcance e pronta para em três gargantas a menos no mundo acabar enterrada; serão três dedadas de sangue a adicionar ao couro do velho cinto que porta - em sinal de respeito, de circunstância ou mesmo ritual -, enquanto, do lado da loba e por sua vez, a sua naifa... essa saliva.

O primeiro que o viu faz stop e para o baile, de carabina cerrada, e de meias gargalhadas embriagadas passara-se a um silêncio total num ápice!

Silêncio de neve.

O abafar de ar condensado a aumentar cada passo e de som, como se um microfone lhes tivesse sido atado aos botins; mas numa neve fofa, hoje, sem cristalizar, sem raspar – dum crepitar fofo, difícil de se ouvir de longe.

A meio do dia, onde brancos-de-céu e neve se confundem, indistintos.

De cócoras, Bosco esconde-se por detrás duma árvore. E depois doutra, e doutra a seguir, descendo o vale. O som da loba a mover-se por entre a neve, que se perde com o vento – mas os dois bem sincronizados, como alas e não obstante.

Os três a subir o vale em linha reta, mas sem se aperceberem que estão a ser flanqueados.

Os cinco a avançar com o sangue à flor da pele!

Três vândalos, um Bosco e uma loba, sincronizados agora num único pensamento – cínico mas honesto: o do continuar ou morrer, eis a questão Shakespeariana para os contemporâneos da posterioridade.

Isto quando Atlântico, Índico e demais se encontram congelados por infindáveis e gigantescas lâminas de gelo, ao ponto do mais destemido dos huskys se colocar a mesma questão duas vezes: atravesso ou fico?

Achegando-se, por fim, num piscar-de-olho, a ação desenvolve-se!

Incrível como a loba sabe sempre o seu rolo, o de ator principal ou de apoio - inúmeras as vezes em que um salvara o outro e vice-versa -, quando, num salto vindo de lado e do nada, a naifa de Bosco veio afincar-se na garganta do garganeiro-mor com todo o seu peso: meia centena de primaveras a enterrar até ao punho da navalha, para ser exato - salta como entra e espirra a morte!

Os dois restantes a hesitar entre choque e espasmo, mas sem tempo para grandes elações - porque ajoelha-se Bosco, dum joelho; em seguida, em queda, como que por terra deitar arma, mas a lâmina seguiu em frente, vindo alojar-se na traqueia do *gandulho* mais próximo: *zás-zás-zás,* tipo à zorro, e mais um que *já lá fostes!*

Por último, e açambarcado do lado oposto pela loba, não tardou muito para que o terceiro tombasse, também ele cuspindo sangue em queda livre e por todo o lado; do pescoço, dos lábios, dos cabelos - dente-de-loba a lacerar pele e osso sem perdão, num culminar latido de vitória.

Ofegante e completamente espirrado de sangue alheio, o que significa ser-se de algum lado nos dias de hoje, pensa Bosco?

Castanhos-escuros dum pôr-do-sol, ocorre-lhe, na memória, bem quente e a estalar de vermelhão-laranja e sobre toda a região.

Tudo isso lembra Bosco, ali, de navalha em mão.

• • • •

• • • •

Das vinhas e das azeiteiras só mesmo abundância e excelência, num abençoar escaldante que são os verões naquele Mediterrâneo sem igual.

*U verão.*

'Não te vi chegar.' diz *Ela,* entrando na cozinha areada – portas rústicas numa *Toscana* aberta, de terraços a convidar; pêssego, peixe e *Vermentino Bianco* sobre a mesa, chouriças d'alta qualidade e queijos frescos –, tudo isso naquela parte do fim do dia em que sombreia sobre o terraço de Bosco um ar quente.

'Em Setembro, escrevo.' diz Bosco.

Uma pausa sobrevoa-lhes o olhar, meio cerrados e devido àquela grande lâmpada-mor que é Deus Sol, mesmo à sombra; nesses tipos de verões onde alho cheira e sabe a alho.

E orégão seco que se prese chega-nos num perfumar que chama, atrai, enamora-se, algo inédito em terras nórdicas, não existe – só foda, nada de romance.

'Um *shot* de quatro centilitros de concentrado de gengibre, câmara 2, por favor... arrepios à flor da pele, os dois beijam-se sem preocupações.'

Sem pensar no tempo, que parara – e que não voltará. Tempo esse que, repartido, poderá se encontrar, para ti e neste preciso momento, a metade do esticar final – *tic-tac, tic-tac* e talvez te falte somente meia vida para viveres, quem sabe?

Memórias dum sombrear especial, visto e sentido por um beijo.

Por um tocar de seio duro em lábio seco num dia quente.

Tudo isso assimilado dum contraste vermelhão, de sangue, ali espirrado em arcos perfeitos e sobre a neve.

Sobre a barba.

Entranhado nas roupas suadas que Bosco porta desde uma eternidade, parece-lhe, compostas dum couro cabedal tecido em pele d'urso pesado, *ormai* lavável somente pelo tempo.

Como chegámos aqui?

*Limpando sangue de navalha.*

Memórias do toque.

São dedos que se tocavam, ligeiramente – e mãos que se entrelaçavam, que se apertavam num fechar de olhos, contemporâneo mas de efeito durador.

Algo de natural, pedia-se, num mundo mudo que gritava, surdo e artificial. Sentia-se a falta do toque humano a nível global, macro, económico e, por fim, sem demoras, anti social.

A fugir do toque, encontramo-nos.

A fugir da azeiteira e do monte. Monte esse que, do outro lado, já não é monte, morreu.

Abandonado.

Tudo cada vez mais sintético.

E mais. E mais, quis-se sempre mais! num mais de tudo, agonizante e saturado. 'Pessoas desinteressadas tornam-se sempre pessoas desinteressantes.' diz Bosco, à loba.

(Plano de vista dividido a metade, simetricamente e de repente!)

Visto de cima e a afastar-se, até poderiam ser duas rotundas, mas não: de dois mamilos grossos e generosos se trata, num plano sem perspetiva - só círculos, num *close-up* que se afasta lenta, lentamente.

'Bastante lentamente, mesmo – aqui respira-se... a história respira de um pouco; dá-se-lhes um tempo para absorver todo aquele sangue, num respirar mamal e feminino que se afasta, visto pela câmara; e quanto tempo leva para um encher e esvaziar de pulmões, tudo isso em crescendo.'

Que em seguida transita para negativo.

Positivo.

Negativo de novo e novamente positivo, sempre em crescendo, diapositivo e agora *sim!* - com tempo e distância, as duas rotundas parecem finalmente duas rotundas, bem explícitas no ecrã -, perfeitas como um *O* de Giotto:

Dois olhos perdidos sobre um mar sem cor - só luz, no contrastado branco que *pinta* os seios, muito *Bauhaus,* sempre a afastar, muito lentamente.

A linha que os delineia dum negro-sombra e opaco.

'Muito *close-up,* mesmo – quero respirar quando *Ela* respira... quero o ouvir do respirar, que nos chega depois, muito suavemente... quase sem nos apercebermos e acompanhado dum violoncelo, em notas graves, lá do longe... durador; de acústica de subterrâneo, ou de debaixo-da-ponte, num morrer a reverberar na alma, mas sempre a aumentar...'

A aumentar, sempre e em crescendo, até asfixiar, 'Cineasta, ator, mas sobretudo diretor de ator - estão-me a ouvir, porra?!'

Conseguem transmitir tudo isto ao personagem antes que se oiça *Ação*? enquanto Bosco olha o horizonte esbranquiçado d'invernos eternos, lá em baixo, no vale; perplexo e de navalha em mão, o respirar ainda a vapor.

'Da primeira cena, com o Bosco sentado no seu programa – o não saber o que dizer em frente à câmara -, emperrado nas malhas do Ser, etc., e seguindo por ali fora; pela cidade, a divagar sobre arte – mulher e o retratar da época, a transição para um futuro, bem frio, de gelo -, conseguem *mostrar* tudo isso sem o *dizer* numa cena?'

Num parágrafo?

Nada nem ninguém substitui o valor do diretor de cena, no que de cenas diz respeito.

Como nada nem ninguém substitui o diretor de ator, ao que de personagens se fala, 'Porque filme é resíduo dum misto de valores, estéticos e simbólicos, colados num *make-believe* de movimentos, linhas, de luz e som.'

Ou a abstenção de, assim se criam emoções à sombra dum seio: da fachada dum prédio na cidade, a meio da noite - uma cama, aparafusada à parede dum quinto andar e a sobressair, literalmente, como num quarto de dormir!

Mesa-de-cabeceira mais candeeiro aceso e tudo - livro d'embalar -, imagina-te a acordares a meio da noite com sede: levantas-te da cama e cais dum quinto andar. O que sentes, ali, em queda, e agora?

Salvo rés-vez-Campo d'Ourique por uma nota musical! um ecoar solto, abrangente e de tom bem grave, vindo dum violoncelo três vezes o teu tamanho, que te apanha no ar e voa, alto, alto, bem alto no céu!

Agarras-te às cordas grossas do mesmo violoncelo gigante que, em desespero e por seu turno, depende de cravelha e de voluta, mas, em caracol e sem medos, esta é a nota musical que enverniza, sem fim, a nota final dum teu possível fim.

Uma nota musical vinda dos ventos.

'Sim, ventos que tocam violoncelo, porra! vibração, volume, câmara 1, 2, 3 e 4 sempre a acompanhar!' sempre a alternar entre planos – som e imagem em sintonia, nesta grande sinfonia que é a vida!

Notas graves e estridentes ao voar, contigo e a esquartilhar fantasmas só teus; são vozes que estilhaçam por entre os corrupios das nuvens e dos nevoeiros, do alto da noite, dirigindo-se a ti.

Dirigindo-se à lua.

Diriges-te à lua e o que sentes, ouve Bosco, mas duma voz interior; e isso quando se apercebe do reflexo da loba na lâmina da navalha e de soslaio, esta perdida num lamber de glória ensanguentada.

. . . .

. . . .

. . . .

*Ela* nua e deitada de lado, sobre um estrado ao sol, no terraço de Bosco, onde dez dedos te percorrem o corpo, suavemente - como o tocar de piano numa melodia doce.

À sombra dum Seio.

# Capítulo 18

*Entras em casa* cansada, no fim do dia.

O terapêutico sabor do não saber o que vem a seguir, isso procuras e isso recebes, Sua Majestade, aqui e agora - pois eis o meu nome: improviso, um teu reajustar de alma, cada vez menos existente.

Cada vez mais necessário.

Entras em casa, cansada de mais um dia.

Desejas acerto.

*Reset.*

Liberas os pés dos *high-heels* e soltas um suspiro.

Inerte por uns largos e contados sessenta segundos sem pensar em nada, apoias-te à parede.

Cais na primeira armadilha, a de querer voltar atrás e abrir os olhos, mas combates, e contas. Olhos fechados, vinte e um, e dois, vinte e três, e quatro...

E cinco, e seis, em cadência.

Sessenta segundos de nada. Preto ou escuro, o que vês não importa, deixa correr, deixa-te fluir, e conta... trinta e sete, e oito, e nove.

Respiras.

Fundo.

Avançando de um passo, apoias-te em seguida à estante de livros na tua sala e respiras fundo de novo.

À procura do nada.

Donde odores serenos de cânhamo-de-Manila inundam-te e com prazer - tu passando dois dedos levemente sobre a prateleira.

Talvez o teu nada tenha música, talvez venha em silêncio, mas segues-lhe, sem protestar.

Quarentas...

Cinquentas.

Abres os olhos, e soltas o cabelo.

Escorregas no sofá:

*Lorelei,* dos *Cocteau Twins.*

•  •  •  •

'Resumido, do século passado, o grande problema foi o de querer doutrinar um canhoto até que este escreva com a mão direita,' diz Bosco, mas nem Peter nem Roberto o ouvem, isto às três da manhã e rua abaixo - bêbados que nem um cacho.

*Lorelei,* dos *Cocteau Twins* a cantar alto dum telefone-esperto, 'Reeducando-o, rebaixando-o, a não mais do que excremento na maioria das vezes... ou a um erro da sociedade - parasita!'

'O do século vinte-um, em vez...' solta inesperadamente Roberto e do nada, mostrando um grande nível de resiliência alcoólica, '... reside no querer resolver tudo duma cajadada só...'

'Mas ambos cometem o eterno erro de não aprender com o passado... tipo peixe-saloio em águas moles.' diz Peter, o *cameraman* e entretanto.

'Ou um *fondue* à memória de queijo sardo...' completa Roberto, arrotando; bolçando em seguida um jato de vómito em arco, 'Estamos literalmente a assistir ao longo funeral da criatividade.'

'Sem autópsia, só fica o crítico!'

'Sem Arte, só ganância e crítico!' grita Peter, de câmara a rolar e às voltas pela noite fora.

'Já ninguém se lembra de Diderot e companhia, ou as infinitas variáveis culminantes duma revolução a sério - com tomates; onde feiras populares davam lugar a autênticos festivais de decapitação pública.' diz Bosco, finalmente, em frente a uma câmara.

'*Et vive la France!*' dizem os três, alto e bom som.

· · · ·

À sombra dum seio saliente, num mar de amor, fazes amor e perdes-te do tudo.

Do nada.

Talvez o teu nada tenha música, talvez o tudo venha em silêncio, mas segues-lhe sem protestar, ao som agora dum frenético *Ocean, O Sun,* de Jason Kao Hwang.

De cabeça para baixo, ali, no sofá da tua sala, tu és *Ela* e *Ela* és tu, ao mesmo tempo - abstrais-te de ti mesmo, ou mesma e revês-te:

Por vezes idiota, por vezes bom rapaz.

Admites.

Abstrair-se de si mesmo é o admitido relacionar(-se), sem palas nos olhos e ao espelho-grande, tipo caixa de Pandora, algo que não se deseje abrir a qualquer hora.

Abstrair-se revela segredos.

Daqueles sacrossantos.

Paradoxalmente, abstrair-se revela.

E sentes-te cansada.

... Isso quando, e de repente, da mais ínfima parcela-de-segundo se ouve um profundo pulsar pelo mundo inteiro...

De magnitudes inimagináveis – nunca ouvido antes...

*Pam!-Pam!*

... Vindo lá do fundo do coração do planeta, bem fundo pulsou e tudo à tua volta parou...

... Na cidade, no campo, sobre as terras e sob os mares, segundos depois seguiu-se um quebrar tectónico e frisado - não mais que um simples estrondo bastara -, e tudo à nossa volta se desfez...

... O que será do meu filho, ouves dizer Bosco, segundos depois, ali *nua* e despida, num terraço ao sol.

'... Filho, neto, bisneto, o que será deles, no futuro?'

# Capítulo 19

# FOZ DO FIM

· · · ·

*'Bosco!'* diz, convidado a entrar na casa fria e a correr; tímido e de loba nos braços - esta ferida e triste, pata a pingar sangue.

'Sara.' Diz-lhe a delicada voz, de acento francês, 'Entre, faz favor... talho feio, parece - aqui, rápido! metemo-la ao pé da fogueira para a aquecer enquanto vou buscar medicina.'

'Obrigado, Sara...' quase nem se apercebeu de dizer Paolo, lembrando-se bisneto de Luigi e desolado; pela loba, que parecia bater-se com o seu último pulsar, pensando, *esta foi dura.*

Uiva a loba, ou tenta, num ganir doloroso e de olhos em lágrimas; em sangue, mas algo ou alguém que me protege, parece pensar a loba.

'Aguenta-te... sem ti não sou ninguém!' diz Bosco, olhando-a diretamente nos olhos.

Sara ouve-o, lá do fundo, hesitando. Observando Bosco, que nunca sentira algo assim por nada ou ninguém, ali, à lareira: o verdadeiro significado de amor incondicional - sem pedir, só dar e oferecer.

'Aguenta-te, por favor...'

· · · ·

· · · ·

· · · ·

Explicado, os polos atraíram-se e o planeta fez *tilt!*

Dum salto, rodopiou sobre si só e isto num nanossegundo; um estrondoso bombar magnético de dimensões gigantescas, num ressonar de carcaça, coração e que, com ele, nos levou a todos em seguida e à cambalhota.

Até à data, ninguém conseguiu ou consegue explicar a sensação – mas algo mudara.

Para sempre.

Um pesar magnético que nos abrangeu alma, osso e carne – o cérebro ainda a reajustar-se; de inverno a inverno, num milésimo de segundo e assim foi, estagnando no que parece ser o nosso eterno epílogo: deslocara-se dum pintelho, a Terra, da sua órbita, e foi a debandada total!

. . . .

. . . .

. . . .

'Escolhem-se fações...' Diz Sara, revestindo agora o torso da loba de mezinhas, ligaduras e ervas medicinais, esta a batalhar, a querer convalescer.

'... Mas tudo binário, num vai-ou-racha, o tudo ou nada... o *black or white* dum eterno sim ou sopas, mas sem nunca, mas nunca lembrar o talvez.'

'Assim que a loba recuperar, metemo-nos a andar.' diz Bosco, passado um momento e à janela.

Noite.

Luz de vela.

Caçarola d'água e sal.

'Podemos fugir, mas até quando?' pergunta Sara, trinta e seis invernos bem encaixados, e considerando, bruna e de sardas a embelezar uma *petite et belle* face.

'Até que volte Deus Sol.'

'Às vezes...' Diz Sara, acariciando a loba, que tenta um esporádico sopro de contornos suaves, '... às vezes só me apetece gatinhar atrás no tempo... até ao útero da minha mãe... e dormir...'

. . . .

. . . .

Cerca de segundos pareceu.

Porém, de Tóquio a Banguecoque, de New York a Sevilha, em linha reta ou obliqua, tudo caiu aos pedaços - como que em cinzas, não houve monumento que se safasse!

Torres de controlo atrás de torres de comunicação, dez-mil ou mais anos de fundações dum mundo outrora gigante a cravar ruína; abriam-se fendas na crosta do planeta!

Seguidas de colossais *espinhaçares* agudos.

Cerca de segundos pareceu, ninguém sabe ao certo mas, de fininho e sem perdão, seguiu-se então a maior inundação jamais vista, a varrer tudo - monções, uma risada, a confronto, e tudo a alagar.

Durante meses.

'Há quem tenha viajado entre continentes em cima dum telhado em poucas horas!' contou-se, tal não eram as correntes: um orquestral torrencial de tragédia, com o teu e o meu nome gravado para antropólogo se babar, lá, dum futuro, ao olhar no passado.

Redescobrindo-se - semear, um capricho, *ormai.*

Sem tempo para se contactar nem familiar nem amigo, assim foi – os putos na escola a navegarem por ali fora, num adeus sem fim.

Adeus filho, a assim soube o sal na boca, vindo do canto da lágrima que te correu pelo rosto abaixo, tal não foi o calar da alma:

'Adeus, filho...' ouviu-se, durante meses.

Chorou-se.

. . . .

. . . .

. . . .

Num bater de piano duma nota só, de frenesim na pele tipo à Brian de Palma - assim se passara a noite, na casa de Sara: entre o não se saber se se ainda existirá dentro de horas, ao amanhecer.

Soaram tambores de guerra toda a noite.

Os trombares de clãs. Dos futuros homens *honrados* e de *boas fazendas*. O dos futuros povos que os seguirão, sem querer, por querer ou sem mesmo o saber.

O dos votos úteis.

Homens e mulheres que desembainham espada por essa neve fora há décadas, enquanto a loba embala, algures entre o santo dormir e absolvição final - mas esta é dura que nem cornos; acordando a meio da noite, e vindo achegar-se a Bosco, esta deita-se a seu lado, quando um raio de esperança lhe invade a alma.

De foguete! 'Sara... a carroça velha, lá fora... ainda roda?'

'E quem é que a carrega?' pergunta Sara, de susto e naquele sotaque sensual, o seu, francês e quando, estrepitosamente, se ouve um espingardear pela madrugada fora!

'Nós os dois!' Intervém Bosco, 'Carregamos a loba, se tiver que ser – mas temos de nos meter a andar!'

Oca e fria, por entre gritos d'ódio, conquista e tocha a queimar vingança, num vê-se-te-avias, Bosco, Sara mais a loba metem-se a caminho, madrugada fora.

Montanha a baixo, a arrastar carroça sob um escuro sem lua nem sol; e uma neve que tarda em derreter já lá vão mais de trinta anos.

*Já não se celebram solstícios, devoram-se, em vez.*

Machete e machadinho, duas foices para longas distâncias, caso se - três carabinas, seis balas mais a naifa: assim se providenciaram Sara e Bosco, correndo montanha abaixo.

Atolando-se na neve.

Não estava a correr bem, o plano inicial.

Mesmo quando, e isto sabendo-se que, ficar... significaria a morte.

Larga a carroça! de carabina a postos e pronto para o coice fatal, pois ouvem-se vozes cada vez mais perto!

O alaranjar das tochas a invadir o escuro imediato, por entre as árvores - dezenas de cabeças, pelo menos, pressupõe Bosco -, esta é a sina que se lhe segue.

'Sara, esconde-te!' diz-lhe Bosco, de cócoras, encostando a testa na dela, mãos na carabina e ocupadas – mas olhos nos olhos.

Sara beija-o!

Beija-o mas não sem deixar correr um só rio de lágrimas pelo rosto.

Piano.

Piano triste. 'Quero um piano triste.'

Lágrimas de morte, chora Sara, de sobrevivência, enquanto olha a loba, esta deitada na carroça, a querer convalescer.

Carabina a postos, mas não há tempo para mais, pois salta-lhes o primeiro das costas! tempo não mais do que o suficiente para mirar, engolir e rebentar os cornos do senhor que se segue!

Uma a uma, bala a bala, até que só lhe restara mesmo o esmigalhar de crânios em polpa e como solução - foram cerca de doze baixas provocadas por entre o escuro da noite.

No escuro da neve.

Doze caíram.

Até que um o apanhou, por de trás, num esguichar de dor infernal, mas algo acabara de perfurar as costas de Bosco, que se ajoelha, caído.

Seguido duma pancada valente nas fontes que o arrochou.

. . . .

. . . .

. . . .

E o acordar não veio tão doce assim, porque, algum tempo depois, Bosco apercebe-se do autêntico festival carnal que se desenrolava à sua volta:

Cerca de sete, eram, a enrabar Sara, sem perdão - esta em lais de guia -, amarrada a uma árvore; pernas escancaradas e a raspar neve!

Que lhe arranhava a cada investida - sete *alarvos* a roçarem-lhe sem perdão -, Bosco sem forças para se levantar, embora tente, em vão.

Algo diz, em vão e também.

Palavras sem som.

Lágrimas de uma dor impotente.

A secar, no rosto.

Sara a sofrer.

Dum sofrer inerte, de um certo modo, e isto enquanto se fazia penetrar à cão pela calada da noite.

# Capítulo 20

*'Arco de violino* a roçar guitarra elétrica amplificada, por favor, mas baixinho, baixinho.' levanta-se Bosco, ou tenta, quando uma porrada valente lhe estica o crânio!

'Sara?!' Solta, de sobressalto e a olhar em torno: amanhecer. Gélido. Silêncio.

Tudo dum eterno azul arroxeado.

À sua frente, e cavada na nave, Bosco nota que a loba escavara o que parecia ser uma espécie de alcova.

Arrastando-a pelos dentes e dos nós até à alcova, sabia-o ele bem e adivinhando, a loba acabara por eventualmente salvar Sara duma morte gelada, enrolando-se no corpo nu e ferido da frágil santa-alma que a tinha salvo, horas antes.

Mas, e ao tentar mover-se para se inteirar, das costas de Bosco foi só sangue e dor, num *foda-se* amaldiçoado de cem cães raivosos!

Gatinhando agarrado à ferida, Paolo Bosco mete um largo minuto até se avizinhar de Sara, três metros à frente e enroscada no santuário que era a loba.

Donde pestanas secas tentam desbotar das feridas, nota Bosco, a meio caminho.

'Calma, Sara.' diz -lhe Bosco, 'Calma...'

Enroscando-se, por fim, também ele na alcova, ambos Sara e loba recebem o calor da sua pesada e ensanguentada casaca, que vem pousar sobre os seus corpos.

De facto, os três cabiam bem lá dentro, bem enrolados – a loba a perceber o gesto.

Conseguindo, mas não sem um esforço monumental, abraçar tanto Sara como a loba por de dentro da casaca, Bosco agradece-lhe, com um eterno, 'Obrigado, loba...'

Que Sara ouve, descolando um olho.

Bosco acariciando a amiga durante um longo momento. Assim os deixara o clã, entregues à sua morte, continuando, sem dúvida, a investida, montanha abaixo, pensa Bosco, e uma vez o cérebro a começar a fazer contas.

Pela manhã fria, mais uma, mas, assim que a loba confirmara Bosco como capaz de se defender, esta solta-se, delicadamente, por de dentro da casaca.

Deixando os dois humanos sós e abraçados um ao outro, pois um dos três tinha de pensar no passo seguinte: o de caçar algo, sobreviver e continuar caminho.

Enquanto tu - tu e eu pensamos.

Fugimos duma realidade criada por ninguém outro que nós mesmos, e mais os mil-e-um olhares alheios, prontos a rebentarem-nos nas trombas – sabemos que algo tem de mudar, mas já não nos encontramos.

Como o Bosco.

Fomos o que éramos e já não o somos. Já não acreditamos em nada nem ninguém. Demos mil e uma voltas sobre o mesmo tema, mas, do espremer, já só vem pus.

Pensa.

Tudo cheira a corrupção.

E sabe a veneno.

Flui-te como uma droga nas veias, surreal, porque já não roça o verdadeiro, é *fake*.

Tudo virtual, *fake* e viral, já não é o mundo em que nascemos, mas nele fazemos parte - tivemos a nossa oportunidade na Terra, e só pensamos no pós Terra, gananciosamente.

Tapas os olhos que nem pala-de-burro e juras que terás perdão, lá em cima, quando te for aconselhado uma segunda via. Uma segunda vida, dizes-te, mas não sem soltar um sorriso irónico, pleno de sarcasmo e reconhecimento - fodemos tudo o que pudemos cá na Terra, e queres agora uma segunda vida?

Desengane-se - mama a bucha - não existem segundas vidas, Dom José, era mesmo cá na Terra que deveria ter sido bom, solidário e etecetera.

E etecetera, num etecetera sem pontinhos – muito completo, mesmo -, és o pecador e a pecadora que teve a bênção de viver no planeta Oferta, assim lhe chamam Mãe Natureza na floresta ancestral: a tua casa.

Planeta que dá, enquanto tu lhe retiras, tiras, roubas, mais, mais, mais – queres sempre mais! mama a bucha, pecador, mão que te apanha é mão que te agarra, pois lá em cima não há perdão.

Desengana-te.

E rodopias sobre ti mesma, ou mesmo, no meio da tua sala. Danças contigo mesmo até perderes balanço – queres cair, numa dança pura.

Mas esta vem agridoce.

Perdeste o norte.

Queres cair.

E cais, felizmente - salvo ou salva pela espiral do ritmo que nos embala -, e dali não queres sair; não desejas voltar, são congas e batuques interessantes, modeladores.

'Arco sempre a esgalhar guitarrada amplificada lá do fundo, mas sempre baixinho - quero ouvir até o piscar-de-olho *dela!*

Do teu.

Desejas ser modelada por um harpear profundo que te embale até ao resto dos teus dias, mas sentes-te fraca e não há volta a dar.

Acordas positiva para um novo dia, que se apresenta saturado e feio – o mais feio dos semblantes por detrás de cada olhar das ruas de onde vives -, nove em cada dez, e desistes, por fim.

A esperar por mais um fim de dia.

Esperas ser embalada, um dia, num harpear doce e santo – sem quereres interpretar santidade tão pouco, desejas apenas paz de alma: algo que te foi retirado desde o dia que perdeste a inocência - fazes parte, agora, seja bem-vinda:

Cacifo número sete, e sim, o cheiro a suor-de-meia ensopada já leva décadas, épocas, mesmo - bem-vinda à nossa fábrica: produzimos sonhos.

À pala do teu pesadelo.

O boss a engordar, espojado na piscina azul e ao sol.

Aristóteles já falava dum mendigar, bem antes de Cristo, questionando até a existência dos Deuses - gregos por sinal -, e por estes fecharem os olhos a tamanho sofrimento humano.

E ainda não o conseguimos abolir, o mendigar - assim se mede o atraso social do mundo de hoje e de sempre: câmara a enquadrar rostos humanos, do nada e bem urbanos.

Pobre de espírito.

Somos feitos assim.

Sem perdão.

Sem medalha no fim duma vida dura - mama a bucha, servo, que à pala do teu pesadelo crio eu os meus sonhos -, e quanto é bom viver-se num sonho!

Sabe bem.

Tu? quem és tu, meu merdas?

*Pede-se paz!*

Da ligeireza duma pena, por favor e assim o pedes, depois disto tudo, mas, por quem chamas quando fazes amor?

Que nome dás ao clímax? chamas-lhe de Deus, ou... chamas por Deus?

Deixas-te ir, sobre arco de violino em corda de guitarra a reverberar-te na alma.

Aceitas-lho, deixas-te ir, em busca de paz.

Tentas clarear a alma, num despejar de momentos que já não te servem.

És a caixa que rebenta de todos os teus problemas – e é tempo de esvaziá-la.

Problema 1 - cigarro. Número 2, putas e cigarro – mas as mulheres, elas também vão às putas?

É tempo de esvaziar essa caixa. Apreciar o facto de que, na sua essência, és pó de estrela. E que em breve caminharás em direção ao sol, pelo ar, onde nada desaparece, tudo se transforma.

Ciclicamente falando, tornarás. Talvez em lágrima de crocodilo, talvez ovário de camelo ou semente de gergelim, quem sabe, mas voltas.

Imagina.

Paras e imaginas, à mesa da tua sala, essa mesma estante de livros à tua frente – tem de haver solução para esta porra toda!

'Senão... a que raio serve andar aqui?'

Aceitas o arco de violino que teima em desvidrar a chama do teu ser, ali, numa nota esgalhada...

... Que fere o ouvido a alguns, mas não os teus - nem todos percebem Arte. Encontras-te naquelas notas, e no esguichar de dor que solta do amplificador - porquê, não o sabes, mas sem nunca o renunciar.

Só que, neste momento, pedes paz.

Duma ligeireza tal que o corpo plane como uma pena, solta ao vento.

Quando se aviva um sol. Voltara o sol, depois de tanto tempo!

A pele a aquecer, sensação essa varrida, algures, da memória gasta. Largando-se daquela veste pesada e suada, inconscientemente, Bosco corre em desvaneio, sobre o derreter da neve e a gritar de alegria!

Ambos Sara e Bosco a correrem nus sobre a neve, onde dois arbustos fartos lhes tapam as partes, numa espécie de ode aos anos 70.

Abres a janela.

Pessoas.

Vestidas. Até aqui tudo normal.

*Calma!* pensas, não mandes foguetes antes da hora. Sabes bem que vives o que parece ser o reacender da chama dum pavio já morto e húmido.

Carta-postal em cima da tua mesa, na cozinha, café a escaldar:

Convite

# Para o Concelho Bienal dos Deuses, vindo dos Deuses

· · · ·

Não percebes.

Desististe de lutar.

Aceitas o não se aceitar – à escala global e por esta sociedade fora.

E tentas sorrir.

Até que o sorriso te morre, a meio do dia. Nunca o vês chegar mas, dum coice, e foi-se – algo ou alguém tem de vir sempre enfiar-te uma avalanche nos cornos!

Bola de neve a engordar. E já nem tens paciência para te esquivares. *Convite dos Deuses?*

Aceitas o embate.

Olhas pela janela, esta algarvia e que hoje em dia começa lá no cimo da Serra do Caldeirão, tal não fora a inundação. Mas poderia ser qualquer outra serra alta ou monte baixo, aí chegou o nível do mar.

E certos ícones são inesquecíveis, mas juras que, bem à tua frente, lá fora e em velocidade cruzeiro, passa-te a Torre Eiffel, esta dirigindo-se à foz dum qualquer fim.

Do seu, pelo menos, é grande a torre, chiça, enorme!

Convite dos Deuses? porque não?

Corres escada abaixo! E pelos mares do mundo, a bordo da Torre Eiffel, és transportado ou varrida até ao que parece ser um buraco negro no mar.

E cais nele...

Dando-te por ti, cerca de minutos depois, no interior dum templo dos Deuses, ao que te parece - tudo muito escuro -, à luz de tochas penduradas, pilar sim, pilar não.

Pilares esses altos, ornamentados, de arte e escritura cuneiforme, e donde, descendo até ao centro, se encontra um anfiteatro.

Tu no meio.

E o eco que se faz sentir soa a antiguidade.

E não, realmente, não estavas à espera do que vem a seguir - uma salganhada, ninguém se percebe!

Todos os Deuses alguma vez inventados, *vistos* ou contados, ali, inútil numerá-los, são aos milhares!

Jesus que se bate com Júpiter. Osíris que reivindica poderes celestiais – Shiva, Brahma e Vishnu que se olham, entre os três, com olhar de quem diz, 'São tolos, estes.'

Baco chega tarde, como habitual - bêbado e eufórico, de cantares poéticos e de braços nos braços de Dionísio, irmão gémeo e companheiro de vida airada. Surpreendentemente ainda mais embriagado que Baco, é obra!

Comportem-se, os dois, comporte-se, Baco!' ordena Marte, mas mais a mirar Vénus, do canto do olho - esta sem prestar patavina à sessão dos Deuses.

Tu no meio, a ouvir. Jesus e Buddha um pouco à parte de tudo, sentes.

Vê-se.

'Comporte-se, Baco, porra – tenha decência! e você? está a tirar notas, mero mortal? isto é para se aprender!' ouves, dalgum Deus que te ecoa na alma: a bíblia dos sete fins, é esse o Deus que ecoa na alma e sem margem para dúvidas - algo de concreto, aí reside a problemática:

'Catalogar, catalogar, catalogar!' grita um certo Eufrates, vindo na tua direção, mas a surfar uma onda gigante!

*Mas onde caralho me encontro eu?!* perguntas-te, ali, no meio do anfiteatro; na encruzilhada número três mil e troca o passo dessa tua vida, sempre às aranhas e sem rumo – sem bússola, mas tens de ir.

Há que sempre ir.

Onde, não sabes.

Sabes só que tens de ir, algures, e enquanto pensas, entretanto. É num entretanto que as coisas se fodem, normalmente – quando menos se espera. Quando tudo até estava a correr bem, parecia, mas algo ou alguém tem sempre de te *-foda-se, Basta!*

Já não basta dizer basta...

Ultrapassámos a linha do basta há já algum tempo e nem pensador nos salva, porque de pensar estamos todos fartos. Mete dó até ao menino Jesus, dizem os egrégios avós, e já sem voz mas, quando a última das traineiras embarcar mar a dentro - nem baleia nem peixe miúdo -, tanto pescador como gaivota abandonar-te-ão, meu cão, deixando o posto vazio.

Não vale a pena, ouvirás. Já nada vale a pena. Conseguimos eliminar o valor do valor, *chapeau!*

És o vegetariano a pedir uma salada num restaurante que vende carne – brilhante!

Quer queiras, quer não, investes no *abattoir.*

Fazes parte.

Tomam-se partidos e escolhem-se fações, só que, neste momento, tomar decisões é exatamente o que não pretendes. Procuras um fim doce para este capítulo duro; que venha esculpir e recalcar o teu ser, aquela bagagem que um carrega, diz-se, a experiência.

Mas quando experiência já não te porta a lado nenhum, caro amigo, aí sim, d'egrégios avós é o mundo feito, reconheces, e finalmente.

Mundo esse que girou sobre si mesmo um dia, e tudo rodopiou à nossa volta, lembras-te?

Sim, Bosco não sabe o que dizer, ali, em frente à câmara, é um facto. O guião é para se lhe seguir, sabe ele bem, só que, e sabe-o ele, também - de guiões reeditados são criadas as propagandas dos Deuses.

Fazes parte. És o instrumento de tortura sócio-destrutiva – tua, na maioria dos casos -, sabes-lho bem, impotente e inerte robot humano.

Comparas-te à merda? tornar-te-ás merda, pois então, pois ali aponta o teu compasso moral:

Serás merda toda a vida.

'E com um sorriso, por favor, câmara 2 a fazer zoom.'

Isso tudo, entretanto, enquanto pensas. Enquanto pensas, uiva a loba, num salta como entra, e espirra a morte!

Porque, aquando do rodopiar, e no tal ápice, de dinamite foram chamas por todo o mundo, se pensares. Todo o arsenal jamais visto, de toda e qualquer nação no mundo a rebentar, como peças de dominó e em cadência - uma a uma a relançar a próxima, incendiando-lhe.

Pensa.

Toda a árvore que ateou, antes da inundação, que se seguiu, instantes a seguir.

O cheiro a cinza pelos céus, que tudo cobriu, a seguir. O respirar impossibilitado – agarra-te ao lenço!

Este lavado pela chuva ácida, por esta altura, e tal não era o nível de urânio no ar. Pensa.

O maior rebentar de sempre, e global.

Pensa. Mas agora reflete. Reflete um pouco. Reflete sobre o assunto - dum pensar tem de sempre vir uma reflexão, ou duas.

Ou três. De facto, por vezes, até mais - faz-nos falta o refletir, porque anda tudo muito depressa e em demasia.

Pretendes um final feliz para esta estória, quando...no final, tu *és* História.

Se o futuro a ninguém e a todos pertence ao mesmo tempo, tu e eu optamos por deixar-lhe na mão de políticos corruptos; pagamos-lhes, aliás, para que estes se ocupem do governar – eis essa a nossa preguiça, uma vez medida: alguém d'outro que não eu para me governar.

E pensar que Teatro e Democracia nascem ao mesmo tempo e no mesmo lugar; de mão dada, tragédia e teatro político são o pão nosso-de-cada-dia, aquela fé.

Fé tipo fezada à casino, se pensarmos - roleta mágica, conceda-me, consagre-me, faça-me rico!

Para que, a seguir, possa cuspir no pobre.

Fomos feitos assim. Cem mil anos de composição, geneticamente falando, capaz; capaz de quase tudo, do bem e do mal - somos a espécie capaz de ultrapassar os seus limites fisiológicos.

Biológicos. Estratosféricos e transcendentais. Transcendemos conceitos e deixamos traço. Deixamos sempre traço, se bem que, e humanamente falando, é traço de mijo.

Em demasia. Demasiado mijo por essas ruas fora. Ao fim da linha chega-se, salta como entra, e o comboio a andar!

Estação seguinte: o teu e o meu futuro - sem pressão, é na boa, vai tranquilo -, pé a fundo no acelerador, aqui joga-se sempre em casa, *what can go wrong, right?*

*Might is right.*

Pé a fundo no pedal, mas em sentido contrário - que se foda o meu futuro quando o teu conta mais: pois liberdade termina quando a ganância do próximo fala mais alto – eis o teu e o meu mundo.

*Put yuor money where your mouth is,* diz o justo, já sem saber definir tão pouco o que significa justiça. Procura, procura, mas já não a encontra no dicionário. Eliminamos a justiça dos dicionários!

É numa *app* que a encontras, hoje em dia.

Especialmente se for tema sério, és o vassalo do algorítmico passaporte que porta o teu e o meu sangue. Vacinado, és a meia-tanga que compõe a *verdade.*

E verdade essa que – surpresa, surpresa -, também já não consta no dicionário, fodemos esta merda toda.

Dow Jones sempre a bater recordes, dia-após-dia. Enquanto o Seu Roberto bate com a porta, em vez, num estrondar metálico. Num *badamerda* para isto tudo!

Fim da linha.

Stop.

Terminal.

Saia do vagão.

Passe o torniquete.

Compre novo bilhete.

Embarque a bordo do comboio que se segue. Atraso previsto de cento e quatorze minutos, ou mais ou menos. Compre a sandwich no posto de venda mais próximo.

Olhe o relógio.

Sim, de cronometrar se fala.

Mame a bucha, lentamente – cento e quatorze minutos valem cento e quatorze minutos. Multiplicados por segundos dá um *ganda* número – melhor nem saber.

Compre o jornal.

Não vale a pena, temos tudo à mão, no telefone esperto.

Olhe em torno de si mesmo, às voltas: tudo e todos a olharem nos ecrãs dos telefones espertos - nem pense em dirigir palavra ao cidadão mais próximo, este já nem lhe caga resposta.

Entre no vagão.

Escolha o assento.

Sim, é o momento para se sentar, mas sem nunca largar o raio do telefone esperto - rapariga gira à frente, mas o rapaz já nem a vê, de tão colado ao ecrã os seus cornos estão, assiste-se literalmente à morte do piropo de engate.

Não vale a pena, vai-se à *app,* encontra-se carne para todos os gostos: mamalhudas, loiras, à beiço-de-pato, o caralho mais longo e alguma vez visto – tudo isso, à distância dum dedo.

Dedo esse que desliza sobre o ecrã.

Do teu telefone esperto.

É esperto.

Tu, o burro que o segue, com as palas bem postas - siga em frente, inerte robot humano.

Incineradora?

Porta 3.

Nem viu, colado ao ecrã.

'*Excellent!*' diz Mr. Burns.

Que longo capítulo, este, o do caminhar.

Um final feliz, quero dar-te, mas num piano triste me apetece ficar.

Carrega no pedal – o do piano, porra, não o do acelerador! faz stop por um momento, dá-te uma calmada! Isto não é uma corrida! é prova de endurance, mesmo, dá-te uma calmada nesses cornos.

Valente!

Bem valente, se tiver que ser.

Quero mesmo deixar-te um final são e cheio de esperança – mas faltam-me argumentos, percebes?

Ainda aqui estás?

'Quer dizer que esta te fala,' diz Bosco, em frente à câmara do estúdio. 'Reconheces-te, e eu agradeço-te... pois nem todos vêm Arte.'

Beleza e tristeza jogados sobre nuances? não é para todos, e se ainda te encontras aqui, sei que o sabes - vai daqui um obrigado sincero e honesto.

• • • •

• • • •

Bosco não se safou se, por acaso, te perguntas. Nem avô nem bisneto – fomos todos comidos.

Nem um que se salvou.

• • • •

• • • •

• • • •

FIM

# AGRADECIMENTOS

Por fim, resta-me agradecer aos milhões de homens e mulheres, de idade de respeito, jovens e adultos que, sem desistir, continuam a lutar pelos direitos e valores humanos, num mundo cego, mudo e surdo. A vós é dedicado este meu pequeno conto apocalíptico.

Resta-me, por fim, lançar ao ar um grito de bem haja da minha parte, onde quer que se encontre e a quem não perdeu o rumo da razão, neste mundo já sem propósito outro se não o de amealhar riquezas, corrompendo sociedades.

Até ao osso.

Este livreto é o agradecer humilde a todos aqueles e aquelas que ainda vivem com valor e moral.

Porque a indiferença mata.

# HERBERT SANTORI

## um dominó

# DO ARCO DA VELHA

# CELESTIALMENTE ENVIADO DOS CÉUS

## 2023 @ https://almeida-santos.com/

"Profundo analisador de almas, pirata, eterno nómada, para ele parar é morrer, e por aí fora lá vai ele. De poiso em poiso, últimas instâncias são sempre as que contam.

A valer."

ENSAIO CINEMATOGRÁFICO

Did you love *Do Arco da Velha*? Then you should read
*Gutenberg Whites*[1] by Herbert Santori!

'Ladies and Gentleman, a very good evening. Snow fell and everything froze.'

Through abandoned cities, decomposing masks of a remote past not so distant, when everything collapsed around us in a world of pigs.

'We've abandoned the moral compass for half a dozen ducats,' continues Bosco, sadly unable to speak. Instead, Luigi Bosco speaks to you in his thoughts, in front of the camera.

---


1. https://books2read.com/u/b6VvpM

2. https://books2read.com/u/b6VvpM

And this moral compass that, well, for spiders, it rotates between *I don't give a damn*, *Maybe*, *Don't Even Think About It*, *Fake News*, *One Day*, *Maybe*, *If It's God's Will* and it rotates. It circles around, endlessly rotating in that moral compass of yours that no longer adds anything else other than lies to the plot.

Theory, plot and lie.

Read more at https://almeida-santos.com/.

# About the Author

Herbert Santori serves, perhaps, his purpose best when falling deep in the Contemporary Fiction genre, Art & Photography but certainly Short Story and Essay

Read more at https://almeida-santos.com/.